幸せのかたち

立場茶屋おりき

今井絵美子

時代小説文庫

角川春樹事務所

目次

葉桜の頃

多摩《たま》の花売り三郎《さぶろう》は背中から髭籠《ひげかご》を下ろすと、おりきに目まじしてみせた。

「今日は女将《おかみ》さんに満足してもらえるだけ揃《そろ》えて来やしたぜ！　ほれ、木瓜《ぼけ》に木蓮《もくれん》、幣辛夷《しでこぶし》、枝垂柳《しだれやなぎ》に蜆花《しじみばな》。変わりどころといえば、碇草《いかりそう》……。花の形が錨《いかり》に似てるんでそう呼ぶそうだが、確か、あっしがお持ちするのは初めてと思いやすが……。それに、へっ、お待たせしやした、二輪草《にりんそう》！　そしてこれが東一花《あずまいちげ》……」

三郎がぱっと見には一輪草《いちりんそう》に見え、それにしては萼片《がくへん》の数が多く、茎《くき》や葉に比べて花が異様なまでに大きな東一花を、ぬっとおりきの眼前に突き出す。

「これが東一花……。一輪草の仲間なのですよね？」

おりきは東一花を手に取ると、しげしげと花を瞠《みつ》めた。

一輪草の別名を一花草《いちげそう》というので、成程《なるほど》、仲間なのであろうが、それにしては花の形も違えば葉の形も違う。

実は、一輪草も東一花も花弁《はなびら》に見えるのは萼片で、一輪草の萼片は五枚だが東一花の萼片は八枚から十三枚あり、細長い楕円形《だえんけい》をしている。

「気に入りやしたか？」

三郎が鼻柱《はなばしら》に帆《ほ》を引っかけたような顔をして、おりきを窺《うかが》う。

「ええ、気に入りましたわ。どこでこれを？」

「それが……。こいつを採《と》ってきたのはおえんの奴で……」

「まあ、おえんさんが？　元旦《がんたん》に赤児《やや》を産《う》んだばかりというのに、もう山歩きをして大丈夫なのですか？」

おりきは目をまじくじさせた。

おえんは年明け早々、第二子に当たる女児を産んだばかりなのである。

三郎は困《こう》じ果てた顔をした。

「あいつ、まだ山歩きは無理だと止めても聞こうとしねえ……。赤児《やや》の首が据《す》わりかけたもんだから背中に括《くく》りつけて山ん中に入《へえ》って行き、おとっつァんもあっしもおてちん（お手上げ）ってわけで……」

「あら、でしたら、しずかちゃんは？　しずかちゃんも一緒に連れて行くのですか？」

「いや、しずかは祖父《じっ》ちゃんにべったりで、片時も傍《そば》を離れようとしねえ……。が、おりんにはオッパイを飲ませなきゃなんねえだろ？　それで、おりんを背中に括りつけて山に登るんですらァ……」

「おりんちゃんというのですね？　まあ、愛らしい名ですこと！」

「へえ……。当初はしずかみてェに花に因《ちな》んだ名にしようと思ってたんでやすよ……。ところが、いざとなると適当な名が思いつかねえもんで……。いや、思いつかねえわけじゃねえんだ。百合《ゆり》とか桃《もも》、桜、梅、菊などは思いつくんだが、何故《なぜ》かしらしっくりこねえように思えてよ。そしたら、おとっつァんが女将さんの名前《なめえ》を貰《もら》って、おりきにすると言い出して……。するてェと、おえんの奴がそんな失礼なことをするもんじゃない、赤児《やや》に女将さんと同じ名前をつけたら罰《ばち》が当たると言うもんで……。それで、あっしが間に入《へえ》り、おりきの、り、とおえんの、ん、を取って、おりんがいいんじゃねえかと……」

三郎が照れ笑いをする。

「まあ、そうでしたの。おりきにして下さってもよかったのですよ。けれども、おりんもよい名ですわ。凛《りん》としていて、風鈴《ふうりん》の音色《ねいろ》が聞こえるようで、わたくし、よい名前だと思いますわよ」

おりきは目を細めた。

喜市《きいち》が孫娘におりきの名前をつけたがった気持が手に取るように解《わか》り、それがおりきの胸にぽっと温かいものを運んで来たのである。

喜市は一人目の孫に名前をつけるときにも、おりきの面影がつっと目の前を過ぎったという。

「いえね、おえんがあっしに名をつけてくれというもんだから。男の子なら、百姓に相応《ふさわ》しく、耕一《こういち》とつけるつもりでやしたが、女《おな》ごだったもんで……。ところが、ふっと女将さんの面影が目の前を過ぎりやしてね。それで、女将さんの好きな花の名をつけようと思って……。けど、女将さんが好きな花は鷺草《さぎそう》だの空木《うつぎ》だのといった花が多く、なかなか人の名前に相応しい名が思いつかず、それで、一人静《ひとりしずか》、二人静《ふたりしずか》から、しずか、という名前をつけやした……」

喜市はおりきが楚々《そそ》とした可憐《かれん》な白い花を好《この》むのを知っていたのである。

だから、しずかのときも桃とか梅、菊といった名に見向きもせず、どこかしら寂《さみ》しげな一人静を想起《そうき》して、しずか、という名を選んだのであろう。

ところが此度《こたび》は、おりきの好きな花といった婉曲《えんきょく》な方法ではなく、そっくりそのまま名前を頂戴《ちょうだい》しようと思ったようである。

おりきには喜市のその気持も解れば、おえんが慌ててそれを止めた気持も解る。

赤児《やや》の名前をおりきにしてくれてもよかったというおりきの言葉に、三郎が大仰《おおぎょう》に首を振った。

「滅相《めっそう》もねえ！　いくら女将さんからそう言われても、そんなことが出来るわけがねえ……。娘の名を呼ぶ度《たび》に女将さんを呼び捨てにしているような気になるし、叱《しか》りつけることも出来ねえからよ……。だから、おりんでよかったんでやすよ」

「現在《いま》、生後四月《よつき》ですか……。それでもう、おえんさんに背負《せお》われて山に……」

「あっしはおりんがおえんに似て男勝《おとこまさ》りになるんじゃねえかと思うと、現在《いま》から頭の痛《いて》エことで……」

「末頼《すえたの》もしいではないですか。喜市さんもこれで安心して隠居できるというもの……。それで、脚《あし》のほうはもうすっかり？」

「ええ、杖《つえ》をついてなら、歩く分にはもう……。けど、山歩きはもう無理なんでしょう。本人も山には未練がねえとみえ、現在《いま》はしずかを相手に爺莫迦《じじばか》ぶりを発揮してやすよ」

「そうですか……。考えてみれば、喜市さんには久しくお逢《あ》いしていませんわ。確か、孫にしずかという名前をつけたとお聞きした、あのとき以来逢っていないような……」

「一時期、何をするのも億劫《おっくう》がっていたおとっつァんが、女将さんのために何がなんでも片栗《かたくり》の花を採りにいくと山に登る気になったのはいいが、骨折してからは繰言《くりごと》ばかり……。けど、身体はどこも悪くねえんで安心して下せえ」

「あれから二年になるのですね……」

おりきの脳裡《のうり》に、俯《うつむ》き加減《かげん》に淡紫色《たんししょく》の花をつけた片栗が……。

二年前のことである。

喜市は一人娘のおえんに三郎という婿《むこ》を取り、それで気の弛《ゆる》みが出たというわけでもないのだろうが何をするのも億劫がり、あまり山野を歩かなくなっていたそうだが、突如、おりきが片栗の花を見たがっていたのを思い出し、三郎とおえんを連れて片栗の群生する沼地に登っていき、湿地《しっち》に脚を取られて大怪我《おおけが》をしてしまったのである。

片栗の花を届けに来た三郎は、そのときのことをおりきにこう話して聞かせた。

「足首を骨折しやして……。たまたま、昨日は娘を預かってくれる者がいたもんで、女房のおえんが一緒に行ってたんで助かりやした。それでなきゃ、片栗の花を目の前にしても、あっしはおとっつァんを背負わなきゃなんねえから、とてものこと、花を持ち帰《けえ》ることは出来なかった……」

「まあ、それで喜市さんは？」

「へい、すぐさま副《そ》え木を当てて手当をしやしたが、なんせ、歳《とし》が歳なもんで……。ところが、おとっつァんが、せっかく採った片栗の花だ、早く女将さんにお届けしろ、とやいのやいのと言いやしてね……。そりゃそうでやすよね？　女将さんに悦《よろこ》んでもらおうと骨折してまで採った片栗だというのに、お届け出来ねえんでは、おとっつァんの気持が無駄になるってもんで……」

おりきは胸が一杯になった。

自分が久し振りに片栗の花を見たいと言ったばかりに、喜市にそんな無理をさせてしまったとは……。

「申し訳ないことをしてしまいましたね。わたくしが無理を言ったばかりに……」

「いえ、いいんでやすよ。おとっつァんは女将さんに悦んでもらえることが何よりなんでやすから……。けど、それからってもの、おとっつァんが妙なことを口走りやしてね」

「妙なこととは……」

「それが、俺は脚を滑《すべ》らしたんじゃねえ、水辺で戯《たわむ》れる娘っこの幻《まぼろし》に惑《まど》わされたんだと……。そうだ、もののふのやそおとめが……。はて、なんてったっけ……。なんとかかんとか、かたかごのはなとか……」

おりきは微笑《ほほえ》んだ。

喜市は嘗《かつ》ておりきが教えてやった、大伴家持《おおとものやかもち》が詠《よ》んだ和歌《うた》のことを言っているのである。

物部《もののふ》の八十《やそ》乙女《おとめ》らが汲《く》みまがふ　寺井《てらい》のうえの堅香子《かたかご》の花

万葉集　大伴家持

少女たちが大勢入り乱れて水を汲む寺の井戸の傍に、今を盛りに咲き乱れている堅香子の花という意味で、古くは片栗の花のことを堅香子の花と言っていたという。

その和歌を喜市が憶《おぼ》えていたとは、おりきにも驚きだった。

「おとっつァんはその和歌が気に入ったわけじゃなく、女将さんから教わったってことが嬉《うれ》しいんで……。とにかく、おとっつァんにとっては、女将さんは如来《にょらい》さま！　この前《めえ》だって、土産《みやげ》に貰った越後《えちご》の干菓子《ひがし》を、おめえらみてェな下種《げす》の者が食ったら口が腫《は》れると言って、結句、自分一人で食っちまったんだからよ！　それも、一日一個、舐《な》めるように勿体《もってえ》をつけて、ちびりちびりと……。あっしもおえんも呆《あき》れ返《けえ》って、開いた口が塞《ふさ》がりやせんでしたぜ」

三郎はそう言って嗤《わら》ったのだった。

喜市がそこまでおりきのことを慕《した》ってくれているとは……。

此《こ》の中《じゅう》、その喜市の姿を見ることが出来ず、おりきは寂しくて堪《たま》らない。

が、息災《そくさい》と判《わか》っただけでも安堵《あんど》しなくてはならないだろう。

「三郎さん、少し待っていて下さいな」

おりきはそう言い置くと、東一花を手に帳場へと戻った。

喜市に深謝《しんしゃ》の意を伝えるために、短い文《ふみ》を書こうと思ったのである。

それしか、現在《いま》の喜市を慰《なぐさ》めるものはないように思えたのだった。

おりきが草花の代金と喜市への簡単な文を三郎に託《ことづ》け帳場に戻って来ると、大番頭の達吉《たつきち》が番頭の潤三《じゅんぞう》と額を寄せ、何やら話し込んでいた。

「あっ、女将さん、たった今、潤三が田澤屋《たざわや》から戻って来たんでやすがね……」

達吉がおりきに声をかけてくる。

ああ……、とおりきも頷《うなず》いた。

昨日まで参勤交代《さんきんこうたい》で席の暖まる暇もなかった旅籠《はたご》にようやく常並《つねなみ》な営《いとな》みが戻ってきて、今朝、潤三がお庸《よう》に以前話が出ていた三婆《さんばば》の宴《うたげ》を再開する気がないか打診《だしん》してくると言い出したのである。

「いきなりそんなことを言い出すと、お庸さん、驚くのじゃなかろうか……」

達吉が心許《こころもと》なさそうにそう言うと、潤三は平然とした顔をして、大丈夫《でえじょうぶ》でやす、と答えた。

「堺屋《さかいや》の旦那が亡くなって四年半になろうとしてやすからね。それに、田澤屋のご隠居が亡くなってからも二年半……。その間、あっしは一度も二人の仏前に手を合わせていやせんでした。だから、仏詣《ほとけまい》りをさせてもらいてェと訪ねて行き、堺屋の内儀《おかみ》さんたちと四方山話《よもやまばなし》でもしながら、それとなく、三婆の宴のことを話題にしてみやす。それなら不自然ではねえし、もしもお庸さんや弥生《やよい》さんが当時を懐《なつ》かしがるようだったら、再開してはどうかと水を向けてみやすんで……。話していて二人があんまし関心を払わねえようなら、そこでその話は終《しめ》ェ……。今日はお詣りに来させてもらっただけでやすんで、と引き返《けえ》して来やす。大番頭さん、委《まか》せて下せえよ！　俺、これでも堺屋の内儀《おかみ》さんには可愛《かわい》がられていたんでやすから……」

「まあな……。おめえって奴はやけに歳食った連中と馬が合うもんな？　田端屋《たばたや》のご隠居然《しか》り、常連の佐倉屋《さくらや》のご隠居然り、そして今度はお庸さんときた……。まっ、おめえがそうまで言うのなら、ひとつ、お手並《てなみ》拝見といこうじゃねえか！」

「そうですよ、案じることはありませんよ。それに、堺屋さまやおふなさまの仏前に詣るという正当な理由があるのですもの……。そうだわ、潤三、お供《そな》えに何かと思いましたが、巳之吉《みのきち》に言って簡単な竹籠弁当《たけかごべんとう》を作らせましょう。それなら、仏前にお供えした後、お庸さまや弥生さまの口に入るでしょうから……」

今朝、おりきもそう賛成したのだった。

「それで、どうだったのですか？」

おりきが長火鉢《ながひばち》の前に坐《すわ》り、潤三の顔を瞠める。

潤三は仕こなし顔に頷いた。

「案の定、竹籠弁当のお供えには大層悦んでもらえやした……。と言うか、あれがあったもんだから、あっしが水を向けるまでもなく、お庸さんが三婆の宴を頻《しき》りに懐かしがられやしてね……。もう二度とあのような宴が催《もよお》せないのかと思うと寂しくて堪らないと……。それで、あっしは言ったんでやすよ。また再開すればよいではないですかと……。そしたら、催したいが、あたしと弥生さんだけではあまりにも寂しすぎる、婆《ばあ》さんが三人揃っているから三婆の宴なのに、二人では様《さま》にならないではないかと……」

達吉が待ってましたとばかりに割って入ってくる。

「そこで、こいつが七海堂の金一郎さんのかみさんのことを持ち出したってわけで……。ところが、途端《とたん》に、お庸さんが蕗味噌《ふきみそ》を嘗《な》めたような顔をしたっていうんでやすよ」

「お庸さまが……。それはまた、どういうことなのですか？」

おりきが訝《いぶか》しそうに潤三を見る。

「いや、金一郎さんのかみさんが嫌いだとか、そんなんじゃねえんで……。ただ、面識がないのに、自分たちからは声をかけづらいと……。まっ、言われてみればその通りで、あっしも端《はな》からそのことを懸念《けねん》していやした。それで、ここはまず、女将さんから金一郎さんの腹を確かめてもらい、金一郎さんが内儀《おかみ》さんに話すのが筋じゃなかろうかと……。そんな理由《わけ》で、どうしても女将さんにひと肌脱《ぬ》いでもらわなくちゃならなくなりやしてね。どうでやしょう？　女将さん、七海堂までご足労《そくろう》願えやせんでしょうか？　それとも、そんな回りくどいことはうっちゃっといて、この話、流してしめえやす？」

潤三がそろりとおりきを窺う。

おりきは暫《しば》し考えた。

「そうですね。七海さまの野辺《のべ》送《おく》りに参列できなかったので、あれから大乗寺《だいじょうじ》の墓に詣らせてもらいましたが、仏前にはまだ一度もお詣りさせてもらっていませんからね……。よい折なので、三田同朋町《みたどうほうちょう》の見世《みせ》を訪ねてみましょう」

「あっ、さいですね。それがようございやす。女将さん、金一郎さんの内儀《ないぎ》にはまだお逢いになったことがありやせんよね？」

達吉がちらとおりきを見る。

「ええ、七海さまがお亡くなりになるまでの半年間、内儀が随分《ずいぶん》と気を遣《つか》われたことは聞いていますが、直接お目にかかったことはありませんの。七海さまが亡くなられて、もう九月《くつき》ですものね……。内儀《おかみ》さんもやっと心に折り合いがついた頃でしょう。わたくしね、大乗寺からの帰り道、七海堂に寄るべきかどうか迷いましたの……。けれども、内儀《おかみ》さんの胸の内を思うと、そっとしておいてほしいのではと思い直し、見世には寄らずに戻って来ましたの」

おりきがそう言うと、達吉が訳知《わけし》り顔に相槌《あいづち》を打つ。

「そりゃそうだ……。一つ屋根の下に暮らしていて、姑《しゅうとめ》に首縊《くびく》りされることほど辛《つれ》エものはねえもんな。世間には心《しん》の臓《ぞう》の発作《ほっさ》で徹《とお》したといっても、てめえの気持には嘘《うそ》が吐《つ》けねえ……。嫁の立場にしてみれば、遣《や》り切れなかったのじゃあるめえか……」

「ええ、わたくしもそう思ったものですから、敢えてあのときは七海堂に寄らなかったのですが、いつまでも内に籠《こ》もっていたのでは七海さまが哀《かな》しまれるのではないかと思いましてね……。考えてみれば、七海さまは食べることが大好きな方だったのですもの……。これからは、ご自分の代わりに嫁がその役を務《つと》めてくれれば悦ばれるのではないでしょうか」

　すると、潤三が気後《きおく》れしたようにおりきを窺う。

「あのう……、あっしは七海堂のご隠居は病死されたとばかり思ってやしたが、自害《じがい》なさったんで？」

　おりきと達三は顔を見合わせた。

「潤三には詳《くわ》しい話をしていませんでしたが、現在《いま》のおまえは番頭です。三婆の宴を再開したいと思うのであれば尚《なお》のこと、本当のことを知っていたほうがよいと思います。但《ただ》し、これはここだけの話ですので、決して口外《こうがい》しないように……」

　おりきはそう言い、七海が何ゆえ自《みずか》ら死を選ばなければならなかったのかを話して聞かせた。

「えっ、じゃ、金一郎さんの弟銀次郎《ぎんじろう》さんはお端女《はした》、いや、叔母《おば》さんと品川の海に身を投じたと……。けど、何故そのことで七海さんが心に深い疵《きず》を受け、生涯《しょうげえ》、責めを負わなきゃならなくなったんだろう……。七海さんに罪があるわけじゃねえ！　寧《むし》ろ、可愛い息子を妹に盗《と》られた被害者じゃねえか……。それなのに、何故そこまで己《おのれ》を責めなきゃならねえのか、あっしには解りやせん」

潤三が喉《のど》に小骨でも刺さったかのような顔をする。

達吉は苦笑《にがわら》いした。

「おめえはまだ若《わけ》ェからよ。人の心の襞《ひだ》まで読み取れねえ……。七海さんはよ、嫁《とつ》ぎ先から離縁されて七海堂に戻って来た妹を、一見、不憫《ふびん》がって手を差し伸べたかにみえ、体《てい》よくお端女として使ってしまい、その結果、銀次郎の身も心も妹に奪《うば》われてしまった……。と言うのも、亭主を早くに亡くしてしまった七海さんは、女主人《おんなあるじ》として七海堂の屋台骨《やたいぼね》を支えるのに筒一杯《つついっぺえ》だったからよ……。それで、我が子が妹を母親のように慕うのを見て見ぬ振りしてしまったのよ。まさか、妹が銀次郎と深《ふけ》ェ関係になるとは思ってもみなかったのだろうて……」

「深ェ関係って……。えっ、男と女ごの関係？　そんな……」

潤三が信じられないといった顔をする。

「色は思案の外《ほか》、恋は仕勝《しがち》ともいうからよ。理屈じゃねえのよ……。それに、妹の夏代《なつよ》って女ごは七海さんへの妬心《としん》で、修羅《しゅら》の焔《ほのお》が燃えたぎっていたんだろうて……。てめえは姑《しゅうとめ》去りされて実家に戻ったというのに、姉さんは子宝に恵まれ七海堂という見世もある……。しかも、金一郎と銀次郎は嘗て夏代が想《おも》いを寄せた男の忘れ形見《がたみ》なんだもんな……」

「………」

　潤三がとほんとした顔をしている。

「つまりよ、七海堂を継《つ》ぐはずだった兄さんが急死したために長女の七海さんが見世を継ぐことになり、番頭を婿に迎えた……。ところが、七海さんには許婚《いいなずけ》がいたため、その男の許《もと》に妹の夏代が嫁ぐことになったのだが、夏代は娘の頃からその番頭に片惚《かたぼ》れしていたらしいのよ。惚れた男を姉さんに奪われ、挙句《あげく》、夏代は嫁ぎ先から三行半《みくだりはん》……。なっ、夏代が姉さんを恨《うら》みたくなる気持も解るだろ？　それで、夏代は銀次郎が自分に懐くのをよいことに、姉さんから銀次郎を奪ってしまおうと思ったのさ」

「それで、母子《おやこ》ほど歳の違う銀次郎と理《わり》ない仲に……。そんな……、そんなことを七海さんが許すはずがねえ！」

「ああ、七海さんは二人を引き離そうとした……。ところが、銀次郎が夏代を追い出すのなら、自分も家を出ると言い張ったのよ。それで、七海さんは腹を括り、銀次郎に夏代が叔母だと打ち明けた……。それまで夏代をただのお端女だと思っていた銀次郎にしてみれば、青天《せいてん》の霹靂《へきれき》だ。銀次郎がどれだけ打ちのめされたことか……。二人が手に手を取り合うようにして品川の海に身を投じたのは、その直後だというからよ……」

「…………」

潤三の顔から色が失《う》せていく。

「信じられなくて当然です。金一郎さまもおっしゃっていました。自分などつい最近まで夏代さんが母の妹だと知らなかった、自分がこれほど衝撃を受けたほどだから、銀次郎が心に受けた痛手《いたで》は計《はか》り知れないと……。七海さまは子供たちが夏代さんを母親のように慕うのを懼《おそ》れ、矩《のり》を置くつもりで夏代さんにお端女で徹すように強《し》いてきたのでしょうが、それが裏目に出たということ……。結句、その後ずっと、七海さまは重責《じゅうせき》を負っていかなければならなくなり、それでがんじがらめに……」

おりきはふうと肩息《かたいき》を吐いた。

七海の死を伝えに来た、金一郎の言葉を思い出したのである。

「あたしは母からその話を聞き、やっと、母を苛《さいな》み続けてきたものの正体《しょうたい》を見たように思いました。母が最後に言いましてね……。おっかさんほど罪深い女ごはいない、父親《てておや》から番頭の金蔵《きんぞう》と所帯を持てと言われたときも、夏代が金蔵に想いを寄せていることを知っていて、敢えて父親にはそのことを話さず、七海堂を背負っていくのは自分なのだと得意満面になったのだから……と。そして、こうも言いました。金一郎、おまえはどちらかというとおっかさん似だが、銀次郎は成長するにつれ、おとっつァんそっくりになってきた、そう思うと、あたしは夏代に復讐《ふくしゅう》されたんだよって……。母は何もかもをあたしに打ち明けると、二日後、自害して果てていきました。母は己を責め続けることに疲れ果ててしまったのですよ。そう思うと、母が哀《あわ》れでなりません……」

金一郎は涙に濡《ぬ》れた目を上げ、あたしは母を愛《いと》しく思っています、素晴らしい女《ひと》でした、あの女《ひと》がいなければ、七海堂はとっくの昔に身代限《しんだいかぎ》りをしていたでしょう、誰がなんと言っても構いません、あたしは母を誇りに思っています……、と続けた。

どうやら、潤三にも七海堂に起きたこと、七海を苛み続けていたものの正体が解ってきたようである。

潤三はぶるると身体を顫《ふる》わせ、ぽつりと呟《つぶや》いた。

「女ごって怖《こえ》ェな……」

達吉が呆れ返った顔をする。

「へっ、いっぱしに解ったふうな口を利《き》いて！　と、まあ、そんな理由《わけ》で、これはおめえみてェな二才子供《にせえこども》（青二才）の出る幕じゃねえのよ。ここは女将さんにお委せするんだな」

「へい」

「では、明日にでも七海堂を訪ねてみましょう」

と、そこに、板場のほうから声がかかった。

「女将さん、巳之吉でやす」

どうやら、夕餉膳《ゆうげぜん》の打ち合わせに来たようである。

おりきは巳之吉が描《か》いた絵付きお品書《しながき》に目を通すと、ふと顔を上げ微笑みかけた。

「お凌《しのぎ》に桜餅風穴子握り寿司《さくらもちふうあなごにぎりずし》とは気が利いていますこと！　桜の葉の緑に花弁生姜《はなびらしょうが》の桃色《ももいろ》が際立《きわだ》ち、葉桜《はざくら》の頃には最適ですわ」

「ええ、いつもでやすと、椀物《わんもの》の後に向付《むこうづけ》のお造《つく》りを出しやすが、今宵《こよい》は八寸《はっすん》で細魚《さより》の叩《たた》き木の芽和《あ》えをお出ししやすんで、向付の代わりに強肴《しいざかな》の菜の花鱲子《からすみ》和えとお凌の穴子握り寿司を……。それも、いわゆる穴子握り寿司ではつまらないので、桜餅風に塩漬の桜の葉で巻いてみやした」

巳之吉が自信ありげに頷いてみせる。

「それで、今、ふと思ったのですが、明日、七海堂の土産《おみや》にこれをお重《じゅう》に容《い》れて持っていけないでしょうか？　いえね、田澤屋には、お供えとして竹籠弁当を潤三に持たせたのですが、七海堂のお供えには線香と干菓子をと思っています。ですから、それとは別に、手土産《てみやげ》として金一郎さまや内儀に召し上がっていただくために、この桜餅風穴子寿司はどうかと思いましてね」

「えっ、では、七海堂には女将さんが行かれるので？　ええ、ようがす。お作りしやしょう。それで、明日はいつ頃お出掛けになりやすんで？」

「泊《と》まり客をお見送りしてからのことになりますので、そうですね、四ツ（午前十時）頃、ここを出ようと思っています」

「四ツでやすね。ようがす。その時刻までに仕度《したく》しておきやしょう」

「手間をかけさせ申し訳ありませんね……。いえね、実は、榛名《はるな》にぼた餅《もち》でも作らせようかと思っていたのですよ。けれども、桜餅風穴子握り寿司と聞きましたら、そちらのほうが悦ばれるのではないかと思いましてね」

「そりゃ、穴子握り寿司のほうがいいに決まってやすよ！　あっしでも、ぼた餅と穴子握り寿司のどっちがいいかと訊《き》かれれば、即座《そくざ》に、穴子握り寿司と答えやすからね。へえェ、いいなあ！　桜餅風穴子握り……。なんて気が利いてるんでェ！」

達吉が涎《よだれ》が垂《た》れそうな顔をする。

「まっ、大番頭さんは！」

おりきがめっと目で制す。

「だったら、大番頭さんの口に入《へえ》るように一つ二つ、残しておきやしょう」

「おっ、そうしてくれるか？　へっ、こいつァ、忝茄子《かたじけなすび》！」

達吉がポンと月代《さかやき》を叩いてみせる。

「達吉！」

おりきが声を荒らげると、達吉はひょいと肩を竦《すく》めた。

「いいってことでやすよ。そうだ！　では、帳場の小中飯《こじゆうはん》（おやつ）は桜餅風穴子握り寿司ってことにしやしょう。潤《じゆん》さん、おめえも当てにしていていいぜ」

巳之吉に瞠められ、潤三が慌てて手を振る。

「あっしはいいですよ。女将さんと大番頭さんにだけ差し上げて下せえ……」

「何を遠慮してるんでェ！　おめえは旅籠の番頭だぜ？　巳之《みの》さんが作ってやると言ってくれてるんだから、有難《ありがた》く頂戴しとけばいいのよ」

なんと、達吉の食い意地の張ったこと……。

しかも、達吉はけろりとした顔をしているではないか……。

人間老《お》いると子供返りしていくというが、六十路《むそじ》を越えた達吉もそろそろ焼廻《やきまわり》してきたということなのだろう。

「ところで、おきちと潤さんの京行きが迫ってきやしたが……」

巳之吉がおりきへと視線を移す。

「そうなのですよ。当初五月十日の予定だった祝言が五日に早まりましてね……。品川宿《しながわしゅく》から京まで二廻《ふたまわ》り（二週間）はみておかなければならないでしょうから、途中で四ツ手（駕籠《かご》）を使うことがあるとしても、余裕《ゆとり》を持って、二十日にはここを出立《しゅったつ》しなければならないでしょう」

「では、あと三日か……。潤さん、旅への気構えは出来てるんだろうな？」

巳之吉に瞠められ、潤三が狼狽《うろた》える。

「気構えといわれても……」

「大丈夫ですよ。極力《きょくりょく》、身軽なほうがよいと思い、既《すで》に祝言《しゅうげん》の席で着る衣装一式は船便で送りましたので、おまえもおきちも常並な旅支度《たびじたく》でよいのです。ですから、案じることはありません」

おりきに言われ、潤三の面差《おもざ》しがほんの少し和《やわ》らいだ。

「それによ、一日十里（四十キロメートル）を目安《めやす》に歩けばいいんだ。それで、保土《ほど》ケ谷宿《がやしゆく》では衣笠屋《きぬがさや》という旅籠に予約の文を出しておいた……。そこから先はおめえたちの行程次第《こうていしでえ》で、宿もおめえらで決めてもらうことになるんだが、目安としては、次は平塚《ひらつか》か大磯《おおいそ》……。そして箱根《はこね》となるんだが、さあ、ここからが難関《なんかん》だ！　山越えとなったら、せいぜい三島《みしま》までしか行けねえだろう。しかも、この頃になると、おきちに疲れが出るだろうから、あとは潤三の裁量《さいりよう》ひとつ……。いいかァ、おきちが泣き言を募《つの》っても耳を貸すんじゃねえぜ！」

達吉に釘《くぎ》を刺され、またもや潤三の顔に緊張の色が……。

「大丈夫《でえじようぶ》だ、潤さんならやれるさ。おっ、潤さん、三吉《さんきち》への文を託《たく》すから持ってってくれよな！」

巳之吉が潤三に目まじする。

「へい。女将さんや大番頭さん、板頭《いたがしら》、おうめさんと、皆の文を託かっていきやす」

「旅籠衆《はたごし》の皆が祝福していると伝えてくんな！　じゃ、あっしはこれで……」

巳之吉が一礼《いちれい》して帳場を出て行く。

おりきはふうと肩息を吐いた。

「考えてみれば、もう三日しかないのですよね。おきちの旅支度は粗方できているとはいえ、なんだか気忙《きぜわ》しいですこと……。わたくしたちはこれまで毎日旅人を出迎え、送り出すだけでしたが、考えてみると、旅に出る人、見送る人と、それぞれに気忙しさや不安を抱《かか》えていたのですね。そう思うと、これまで以上に旅人を温かい気持で迎え、身も心も寛《くつろ》げるようなお持て成しをして差し上げなければ……」

「じゃ、此度のことは、おきちや潤三ばかりでなく我々にもよい修練《しゅうれん》となったということ……」

達吉が納得したとばかりに頷く。

「おっ、入《へえ》るぜ！」

玄関側の障子《しょうじ》の外から声がかかり、亀蔵《かめぞう》親分が帳場の中に入って来る。

「おっ、いたいた……。潤さん、京に発《た》つのはいつだったっけ？」

亀蔵がずかずかと長火鉢の傍まで寄って来て、どかりと胡座《あぐら》をかく。

「おいでなさいませ」

おりきが頭を下げると、亀蔵は挙措《きょそ》を失い、面目《めんぼく》なさそうにひょいと顎《あご》をしゃくった。

「おっ、済まねえ……。つい、俺んちみてェな気になっちまったもんでよ。不作法《ぶさほう》ついでに、急いで茶をくんな！　喉がからついちまって、やっぱ、夏隣《なつどなり》なんだよな」

なんともはや、亀蔵の言っていることは支離滅裂《しりめつれつ》……。

「お茶はすぐに差し上げますが、一体、何事なのですか？」

おりきは苦笑《くしよう》すると、茶の仕度を始めた。

「そう、それよ！　そろそろ潤三とおきちが京に旅立つのじゃねえかと思ってよ。まだ先の話だと呑気《のんき》に構えていたところ、今朝、おさわがそろそろじゃなかろうかと口にしたもんだから、こいつァ大変《てえへん》だ、気持だけでも三吉に祝いを渡さなきゃと思ってよ……。ああ、間に合って良かったぜ！」

亀蔵が懐《ふところ》の中を探《さぐ》り、祝儀袋《しゆうぎぶくろ》をおりきに手渡す。

「まあ、そんな……。お気遣《きづか》い下さらなくても宜《よろ》しかったのに……」

おりきは慌てた。

「なに、礼を言われるほど入《へえ》ってねえんだ……。気持、ほんの気持だから三吉に渡してやってくんな」

「では、有難く頂戴いたします。親分からの祝いと聞けば、三吉がどんなに悦びますことか……」

おりきは改まったように深々と頭を下げた。

「俺もよ、三吉が嫁取りをすると聞き、嬉しくて堪らねえのよ。考えてもみな？　十一歳のときに糟喰《かすくらい》（酒飲み）の父親《てておや》に陰間《かげま》として子供屋《こどもや》に売られ、挙句、耳が聞こえなくなるほどの折檻《せっかん》を受けたんだからよ……。あんとき、善爺《ぜんじい》（亡くなった下足番《げそくばん》の善助《ぜんすけ》）がどれだけ三吉の身を案じたことか……。俺も冬木町《ふゆきちょう》の増吉《ますきち》親分と一緒に佃《つくだ》の張見世《はりみせ》を捜《さが》し歩いてよ。やっとのことで連れ帰《けえ》ってきたが、三吉の両耳が不自由になった姿……。俺《おり》ャ、現在《いま》でも、善爺が三吉を一人前《いちにんめえ》の下足番に仕立てようと懸命《けんめい》になった姿が忘れられなくてよ。今後は俺が三吉の耳となってやると、そりゃもう、実の孫のように可愛がってよ……。その三吉に、まさか絵の才があったとは……。それどころか、絵師の道に進むといって京に上って行ったんだからよ。あれから六年……。現在《いま》じゃ、加賀山三米《かがやまさんべい》と名前《なめえ》を替《か》え、押しも押されもしねえいっぱしの絵師となったばかりか、嫁取りをしようというんだからよ……。感無量《かんむりょう》なんてもんじゃねえ！　だからよ、この俺の想いをどうしても伝えたくてよ。いけねえや！　三吉のことを考えると、つい、涙が出ちまう……」

亀蔵がズズッと洟《はな》を啜《すす》る。

おりきの胸にもカッと熱いものが……。

亀蔵の想いが手に取るように解るのである。

双子《ふたご》の妹おきちに比べ、これまで三吉がどれだけ辛酸《しんさん》を嘗めてきたことか……。

子供屋で受けた虐待《ぎやくたい》もさることながら、聴力《ちようりよく》を失ってからは、草木の揺《ゆ》れ、虫の動き、空の色や風の声を聞き取ろうとするうちに絵心《えごころ》に目覚め、絵の道で生きていくことになったのであるが、そこまで辿《たど》り着くまでにどれだけの辛苦《しんく》があったことか……。

が、三吉は我が身を不憫がることなく、常に前を向いて生きていこうとしたのである。

そうして、やっと手に入れた幸せ……。

善助が生きていたら、涙を流して悦んだことであろう。

おりきは込み上げてくる熱いものを払うと、さっ、親分、お茶が入りましたよ、と言った。

「おう、済まねえ」

亀蔵は照れ笑いすると、猫板《ねこいた》に置かれた湯呑《ゆのみ》をぐいと摑《つか》んだ。

翌日、おりきは泊まり客を見送ると、巳之吉が仕度してくれた桜餅風穴子握り寿司の入った重箱を手に、八造の四ツ手に揺られて三田同朋町の七海堂を訪れた。

七海堂では、見世の前で停《と》まった四ツ手からおりきが降《お》りてくるのを目に留《と》め、手代が大慌てで金一郎に知らせに走った。

「これは立場茶屋《たてばぢやや》おりきの女将さん！　今日はまた……」

番頭の後に続いて出て来た金一郎が、目をまじくじさせる。

おりきは深々と腰を折った。

「前触《まえぶ》れもなく訪ねて来まして申し訳ありません。いえね、突然、思い立ちましたものですから……」

おりきは金一郎にそう言うと、六尺《ろくしやく》（駕籠舁《か》き）の八造を振り返り、一刻《いつとき》（二時間）後に迎えに来るように伝え、酒手《さかて》を渡した。

この金で、一刻ほど暇潰《ひまつぶ》しをしてくれという意味である。

八造と後棒《あとぼう》は、こいつァ、どうも！　と愛想《あいそ》のよい返事をして去って行った。

「実は、七海さまの仏前に詣らせてもらおうと思いましてね。本来ならば、もっと早くにお詣りさせてもらわなければならなかったのですが、旅籠をしていますと、なかなか一刻ほどの暇が取れなくて……。お詣りさせてもらっても宜しいでしょうか？」

金一郎が恐縮し、腰を屈《かが》める。

「ええ、ええ、母も悦ぶと思います。お忙しい中をよくお出掛け下さいました。そう言えば、去年の盂蘭盆会《うらぼんえ》に大乗寺の墓にお詣り下さったとか……。和尚《おしょう》からそのことを聞き、ならばここにお寄り下さればよかったのにと思ったのですが、考えてみると、お忙しいですよね？　そんな忙しい中をわざわざ母の墓にお詣り下さったとは……。有難《ありがと》うございます。さきっ、母屋《おもや》のほうにどうぞ！」

金一郎が先に立ち、見世の通路から奥へと案内する。

見世を抜けると、一面、苔《こけ》に覆《おお》われた瀟洒《しょうしゃ》な中庭があり、その奥が母屋となっていた。

どうやら、手代がおりきの来訪を母屋に知らせたとみえ、玄関の式台《しきだい》で内儀の久野《ひさの》が三つ指をついていた。

「久野、立場茶屋おりきの女将さんだ。生前、おっかさんが大層世話になった方だから、礼を言うように……」

「金一郎の家内、久野にございます。女将さんのことは義母《はは》や旦那さまから聞いておりました。義母《はは》が大層お世話になった、いえ、迷惑をおかけしたこともあったとか……。申し訳ありませんでした。ですが、義母《はは》は女将さんのことが大好きで、いつも、あんなに出来た女《ひと》はいない、おまえも少しは見習いなさい、と言われていましたのよ……。ささっ、お上がり下さいませ」

久野は大柄で太り肉《じし》……。が、思いの外《ほか》、快活《かいかつ》な女ごだった。

金一郎がおりきを仏間へと案内する。

半間《はんけん》はあろうかと思える立派な仏壇《ぶつだん》である。

おりきは風呂敷《ふろしき》包みの中から線香と干菓子の箱を取り出し仏壇に供え、線香に火を点《つ》け手を合わせた。

胸の内で、七海さま、お詣りに来るのが遅くなってしまい申し訳ございませんでした、七海さまのお姿を拝見することが出来なくなり、どれだけ寂しい想いをしていることか、これまで数々愉《たの》しい想いをさせて下さり有難うございました……、と呟く。

そうして金一郎と久野に身体を返すと、重箱をすっと前に押し出した。

「何か手土産をと思いましたが、恐らく、七海さまが生きておられたら悦ばれたのではないかと思い、板頭に命じて桜餅風穴子握り寿司を作らせましたの。七海さまにお供えした後、どうぞ、皆さまで召し上がって下さいませ」

「桜餅風穴子握り寿司ですと？　これはまた……。開けてみてもいいですか？」

金一郎が訊《たず》ねる。

「ええ、どうぞ」

金一郎はそろりと重箱の蓋《ふた》を開け、目を瞬《しばた》いた。

「なんと、見事な……。成程、桜餅風に穴子握りが桜の葉でくるまれている。いやあ、これは美味《うま》そうだ！　久野、見なさい、これが立場茶屋おりきの板頭の仕事だ」

久野も重箱の中を覗《のぞ》き込み、目をまじくじさせた。

「ホントですこと！　まあ、花弁まで……。これって、生姜なんですよね？」

「早速《さっそく》、おっかさんに供えようではないか！　おっかさんが生きていたらどんなに悦んだことか……。あの女《ひと》は食べることの大好きな女《ひと》でしたから……。女将、本当に有難うございます。母のことを思い、よく、ここまで気を遣って下さいました」

金一郎が頭を下げる。

茶菓《さか》を運んで来たお端女に、久野が皿と箸《はし》を持って来るようにと命じる。

「そうだわ、仏壇に供えた後、女将さんや旦那さまにも召し上がってもらいましょうね。おつぎ、大きめの皿を一枚と小皿を三枚用意して下さいな」

「はい、ただいま……」

おつぎと呼ばれたお端女が下がって行く。

小皿が三枚というのは解るが、大皿とは……。

おりきは小首を傾《かし》げたが、皿が運ばれて来て、やっと、その意味が解った。

久野が大皿の上に、これがお義父さまの分、これがお義母さまの分、そしてこれが銀次郎さんの分でこれが夏代さんの分……、と穴子握りを四つ取り分けたのである。

夏代という言葉に、おりきの胸がきやりと揺れた。

久野は大皿を仏壇に供え手を合わせると、皆さん、仲良く召し上がって下さいね、と呟いた。

おりきの表情に気づいたのか、金一郎が頬《ほお》を弛める。

「驚かれましたか？　うちではいつもこうしていましてね。生きている間は行き違いや蟠《わだかま》りがあったでしょうが、死んだら皆同じです。あの世で仲睦《なかむつ》まじく過ごしてほしいと思いましてね」

まあ……、とおりきは目を細めた。

金一郎の中では、銀次郎のことも夏代のこともすっかり咀嚼《そしやく》しきれているのであろう。

「そうですか……。それを聞いて安堵いたしましたわ。そうですよね？　生きているからこそ諍《いさか》いもありますが、御霊《みたま》になれば皆平等ですものね」

「まあ、美味《おい》しそうですこと！　さっ、あたしたちも頂《いただ》きましょうよ」

久野が小皿に穴子握り寿司を取り分ける。

「あら、わたくしにまで？」

おりきが驚いたように言うと、久野がくくっと肩を揺らす。

「女将さんは毎日このようなご馳走《ちそう》を目にしておられるので珍しくもないのでしょうが、お付き合い下さいな！　皆で一緒に食べるからこそ美味しいのですもの。ふふっ、実は、これはお義母《かあ》さまからの受け売りでしてね……。お義母《かあ》さまったら、三婆の宴でさんざっぱら美味しい料理を食べた後でも、あたしたちが夜食を摂《と》っていると、どれ、あたしもお相伴《しょうばん》しようかね、と入って来て、皆で食べるから美味しいのじゃないか……と。いつしか、あたしもその口癖《くちぐせ》が移っちまったのですよ」

なんと、いかにも七海らしいではないか……。

「まあ、なんて良い風味合《ふうみあい》でしょう！　甘辛《あまがら》い穴子のタレと塩漬にした桜の葉の風味が甘《うま》く混ざり合い、これは絶品！　ねっ、おまえさま、そう思いませんこと？」

久野に言われ、金一郎も大仰に頷く。

「これぞ板頭の味！　母が立場茶屋おりきに行きたがった理由《わけ》が解りましたよ。三婆の宴……。母がどれだけ愉しみにしていたことか……。ところが、田澤屋のご隠居おふなさんが亡くなり、一時期、母までが気力を失ってしまいましてね……。そうしたら、堺屋の未亡人お庸さんの機転《きてん》で再び三婆の宴が開けることになり、母が大層悦びましてね。それなのに、今度は母までが……。これでもう三婆の宴は完全に立ち消えとなるのでしょうね」

金一郎はそう言い、深々と息を吐いた。

「そのことなのですが、実は、三婆の宴が立ち消えになることをお庸さまや田澤屋の内儀《おかみ》さんが残念がられていましてね……。それで、ふと考えたのですが、今後は七海さまの代わりに、久野さまがお出になればどうかと思いましてね……」

おりきがそう言うと、金一郎と久野がハッと顔を見合わせる。

「久野が母の代わりに？」

「ええ、おふなさまが亡くなられた後に、嫁の弥生さまが加われたのですもの、七海さまの代わりに久野さまがお出になっても構わないと思いますよ」

久野の顔がぱっと輝く。

「おまえさま、あたし、三婆の宴に出させてもらいたい……。ねっ、いいでしょう？」

金一郎は一瞬困《こう》じ果てた顔をしたが、すぐに、ああ、いいだろう、と頷いた。

「こいつには長い間母の世話をさせてきましたからね……。物分かりのよい母でしたが、家付き娘のうえに女主人《おんなあるじ》として見世を仕切ってきたせいで、多少、権高《けんだか》いところがありましてね。ところが、こいつは母から何をいわれても、はい、はい、と素直に頷いて、持ち前の明るさでくさくさしたことなど吹き飛ばしてきたのですからね……。そんな久野だから、七海堂の嫁が務まったのでしょうが、殊《こと》に、母が亡くなる前の半年は、こいつに苦労をかけたと思います。口煩《くちうるさ》く小言を言っているときの母ならそれなりの対応も出来ますが、鬱々《うつうつ》と塞ぎ込まれてしまうと手の施《ほどこ》しようがなくて……。それなのに、こいつは繰言ひとつ言うことなく、親身《しんみ》になって母の世話をしてくれました。ですから、これからは美味しいものでもたらふく食って、少しは楽をさせてやりたいと思っていましてね」

金一郎がそう言うと、久野は照れたように大柄な身体をすじりもじりさせた。

「嫌《いや》ですよ、おまえさまにそんなことを言われると、気色《きしょく》悪いじゃないですか！　ところで女将さん、あたしは是非《ぜひ》その宴に参加させてもらいたいのですが、お庸さんにも田澤屋の内儀、そう、弥生さんですか？　お二人とは面識がないのに、あたしが加わって御座《おざさ》が冷めるってことはないのでしょうね？」

久野がそろりとおりきを窺う。

「大丈夫ですことよ！　わたくしが太鼓判《たいこばん》を押します。お二人とも気さくな方ですし、久野さまのその気性《きしょう》なら、すぐに打ち解けるでしょうよ」

おりきの言葉に、金一郎も久野もほっと眉《まゆ》を開いたようである。

おりきは胸を撫で下ろした。

良かった、案じることはなかったのだ……。


「そうでやすか！　金一郎さんの内儀が三婆の宴に出てもよいと？　そいつァ良かった。おっ、潤三、早速、お庸さんや田澤屋の内儀に知らせてきな！」

達吉に言われ、潤三がほくほく顔で帳場を出て行く。

三婆の宴を再開してはどうかと提案した手前、存外《ぞんがい》に話がすんなりと纏《まと》まって、潤三はよほど嬉しかったのであろう。

「けど、あんましあっさりと決まったもんだから、なんだか拍子抜《ひょうしぬ》けしたみてェな気が……」

達吉が狐《きつね》につままれたような顔をしている。

「達吉が俄《にわか》に信じられないのはよく解ります。わたくしも久野さまにお逢いするまでは、姑に自害させてしまったことで自責の念に駆られ、公《おおやけ》の席に出ることを避《さ》けようとされるのではないかと思っていましたからね……。けれども、お逢いしてみて、久野さまには姑に充分尽くしたという思いがおありになるのがよく解りましてね……。久野さまってね、ふわりと他人《ひと》を包み込んでしまう温かさをお持ちでしてね。金一郎さまも言っておられました。久野だから、七海堂の嫁が務まったのだろうと……」

「それはどういう意味で？」

「いえね、七海さまがわたくしどもに姿をお見せになるようになったのは隠居された後のことで、それも、二十歳《はたち》で死なせてしまった息子への愛着《あいちゃく》や悔《く》いで前後を忘れたときでした……。金一郎さまの話では、女主人《おんなあるじ》として見世を仕切っていた頃の七海さまは多少権高いところがおありになったようで、嫁の久野さまにも厳しく当たられたそうでしてね……。ところが、久野さまは何をいわれても素直に従い、抗《あらが》うことがなかったとか……。常並な女ごなら、姑が尊厳《そんげん》を失ったのをいいことに、現在《いま》こそ長年の恨みを晴らすときと思うところを、久野さまはそれはもう親身になって七海さまの世話をされたそうですの。金一郎さまはそんな久野さまを見てきたものだから、これからは極力日の当たる場所に出してやりたい、美味しいものを食べ、女ご同士の会話を愉しませてやりたいとお思いなのですよ」

達吉が納得したとばかりに頷く。

「じゃ、七海さんは嫁には恵まれたってことか……。終《つい》しか、実の妹とは絡《から》み合った糸が解けねえままで、挙句、息子まで奪われちまったが、金一郎さんの嫁か出来た女ごだったのが、せめてもの救い……。これが、嫁姑《よめしゅうとめ》の間まで甘《うま》くいかなかったというんじゃ、目も当てられねえもんな」

「そういうことです。わたくしね、今日、思い切って七海堂を訪ねてよかったと思っていますの。と言うのも、わたくしの中で七海さまが自害なさったことが未《いま》だに澱《おり》となって居坐《いすわ》っていたのですが、金一郎さまや久野さまの露《つゆ》ほども翳《かげ》りのない顔を拝見して、ああ、これで良かったのだと思えるようになりました。実はね、ほら、わたくしがお持ちした桜餅風穴子握り……」

おりきは久野が大皿に、これがお義父《とう》さまの分、これがお義母《かあ》さまの分、そしてこれが銀次郎さんの分でこれが夏代さんの分……、と言いながら握り寿司を取り分けたことを話して聞かせる。

「へえェ、そりゃまた心憎《こころにく》いことを……。けっ、いけねえや……。あっしはこういうのに弱《よえ》ェもんでよ……」

達吉が目を潤《うる》ませる。

「わたくしね、その光景を見て、胸に巣くっていたもやもやがすっと消えていくのを感じましたの」

おりきの眼窩《がんか》にも熱いものが……。

と、そのとき、玄関側から吾平《ごへい》が声をかけてきた。

「幾千代姐《いくちよねえ》さんがお見えでやすが……」

おりきは慌てて指先で目頭《めがしら》を拭《ぬぐ》うと、どうぞ、お通しして下さいな、と答えた。

幾千代が帳場に入って来る。

芸者の形《なり》をしているところを見ると、恐らく、お座敷を抜け出してきたのであろう。

「今し方、行合橋《ゆきあいばし》の袂《たもと》で亀蔵親分に出会《でくわ》したんだが、明後日《あさって》、おきちと潤さんが京に発つんだって？　あちしは何も聞かされていなかったが、三吉が祝言を挙《あ》げるというじゃないか……。なんだえ、水臭《みずくさ》い！　それならそうと言ってくれればいいのに……。親分が得意気に、俺ャ、昨日祝儀を渡してきたぜ、と言うもんだから、慌てて猟師町《りょうしまち》まで金を取りに戻ったってわけでさ……。なんで早く言ってくれなかったのさ！」

幾千代が矢継《やつ》ぎ早《ばや》に捲《まく》し立てる。

おりきはふわりとした笑《え》みを返した。

「まあ、お坐りなさいませ。今、お茶を淹《い》れますので……」

幾千代は不貞《ふて》たような顔をして坐った。

「そう言ャ、喉がからついちまったよ。それで、いつ決まったのさ！—

「それが、つい先日のことなのですよ。いきなり文で知らされ、わたくしたちも驚いてしまいましてね。文が届いたのは先月の末のことなのですが、なんとまあ、五月十日が祝言というではないですか……。それがさらに五日に早まるということで、わたくしも頭を抱えてしまいましてね。もうあまり日もないことだし、京まで出向くとなると一月《ひとつき》は旅籠を留守にしなければなりませんからね。それで、わたくしの名代《みようだい》としておきちを行かせることにしたのですよ。さっ、お茶が入りましたよ」

幾千代は湯呑を受け取ると、美味そうに喉を鳴らした。

「ああ、美味しい……。いつものことだが、やっぱ、おまえさんの淹れてくれる茶は美味いや！　済まないね、もう一杯おくれ」

おりきがお安いご用とばかりに頷き、二番茶《にばんちや》を淹れる。

「おりきさんが何も知らなかったというのは解ったが、親分の話じゃこれがまたとない良縁なんだって？　なんでも、南禅寺《なんぜんじ》近くに見世を構える筆屋《ふでや》、なんてったっけ？」

「京泉堂《きようせんどう》という老舗《しにせ》だそうです」

「そう、京泉堂！　そこの次女で、持参金付きのうえに、伏見《ふしみ》の別荘を二人の新居に分け与えるとか……。しかも、持参金が百両ときて半端《はんぱ》じゃない！　まっ、相手が大《おお》店《だな》とあればそれが相場なんだろうが、持参金の他に別荘もついてるんだよ？　醜女《しこめ》の持参金が二百両というけど、まさか、その娘、お徳女《とくじょ》（醜女）ってわけじゃないだろうね？」

するど、達吉が慌てて割って入る。

「天骨《てんこち》もねえ！　加賀山竹米《ちくべい》さまの文によると、お徳女どころか器量《きりょう》よしだとか……」

ふうん……、と幾千代は仕こなし顔に頷いた。

「するてェと、三吉、いや、加賀山三米の画才《がさい》に惚れ込んだってわけか……。なんせ、今や、師匠の竹米を追い抜こうかという三米だからね。筆屋京泉堂にしてみれば、三米は看板だ……。てことは、多少入れ込んだとしても、先々、元が取れる……。ヘン、いかにも商魂逞《しょうこんたくま》しい関西もんの考えそうなことじゃないか！」

「幾千代さん！　そうではないのです。琴音《ことね》さんは三吉の天賦《てんぷ》の才や為人《ひととなり》に惚れ込んだのだと思いますよ」

おりきがそう言うと、幾千代も言いすぎたと思ったのか、決まり悪そうに肩を竦めた。

「琴音というのかえ。へえェ、なかなかよい名じゃないか……。まっ、真摯《しんし》に絵に向き合う三吉の姿を見たら、その娘《こ》がそう思っても当然かもしれないね」

「ところがね、ひとつだけ難点をいえば、その娘、三吉より二歳も歳上だというんでやすよ」

達吉がそう言うと、幾千代はきっと達吉を睨《にら》みつけた。

「二つ歳上の、それのどこが難点というのさ！　男と女ご、殊に夫婦《めおと》なんてものは、女ごのほうが一つ二つ歳上のほうが甘くいくってもんでさ。早い話、あちしと半蔵《はんぞう》の場合も、半蔵が一歳下だった……。おりきさんはどうだえ？　巳之さんとは幾《いく》つ違う？」

まさか、ここでおりきと巳之吉のことが取り沙汰《ざた》されようとは……。

「わたくしと巳之吉は同い歳ですけど……」

「ああ、そうだったね。とにかく、一つ二つ歳上だろうが、そんなのは問題じゃないのさ。それにさ、三吉は耳が不自由なんだから、女房が先に立って動いてくれるほうがよいに決まってる！　そうかえ、これでやっと、あちしにも納得がいったよ。それでさ、これを潤さんに託けたいと思ってさ……」

幾千代が帯に挟《はさ》んだ袱紗包《ふくさづつ》みを取り出す。

ひと目で小判だと判った。

しかも、一両や二両ではなく、少なくとも十両はありそうである。

おりきは慌てた。

「幾千代さん、いけませんわ！　お気持だけでよいのですよ」

おりきが袱紗包みを押し返すと、幾千代はムッとした顔をした。

「なんだよ、あちしの祝儀が受け取れないとでもいうのかえ？　てんごう言ってんじゃないよ！　日頃、あちしが阿漕《あこぎ》にだだら大尽《だいじん》（湯水のように金を使う人）相手に大《だい》尽金《じんがね》を貸して儲《もう》けているのはなんのためだと思う？　あちしはさァ、金満家《きんまんか》には血も涙もない女ごだが、巷《ちまた》で懸命に生きようとしている者には極力手を差し伸べてやりたいと思っていてね……。三吉だって、言葉では言い尽せないほどの辛酸を嘗めてここまで這《は》い上がってきたんだ……。そりゃさ、大店の娘と所帯を持ち、これからは金に困るようなことはないかもしれないが、三吉にも女房の顔色を窺わなくても使える金が要《い》るときがあるかもしれない……。いいから、渡してやっておくれよ。でないと、あちしの気が済まない。後生一生《ごしょういっしょう》のお願いだ！　ねっ、この通り……」

幾千代が手を合わせる。

おりきの胸がじんと熱くなった。

亀蔵もそうだったが、幾千代も三吉への想いが生半可《なまはんか》なものではないとみえる。

と言うか、皆の心の中に、あの三吉がよくぞここまで……、という想いがあり、つい感無量となり、大盤振る舞いしたくなってしまうのであろう。

おりきは深々と頭を下げた。

「三吉へのお心遣《こころづか》い、恐縮にございます。では、有難く頂戴いたしますね。京までの道中、何があるか判りませんので、皆さまから預かった金子《きんす》は金飛脚《かねびきやく》にて京まで届けさせることにしますのでご安心下さいませ」

達吉も割って入る。

「それがようございやす……。潤三に大金を持たせたら、護摩《ごま》の灰に遭《あ》うんじゃなかろうかと、それこそ、おっかなびっくりだろうからよ」

「けど、おきちも潤さんも長旅は初めてだろ？　大丈夫かえ？」

幾千代がぽつりと呟く。

おりきと達吉が顔を見合わせる。

「嫌ですわ、幾千代さん！　不吉《ふきつ》なことを言わないで下さいな。大丈夫ですよ。ねっ、達吉？」

「ああ、潤三は存外にしっかりした男だからよ。あっしは安心してやす」

するとそこに、田澤屋に出掛けていた潤三が戻って来た。

「あっ、幾千代姐さん、お越《こ》しやす」

潤三が腰を屈めて入って来る。

「潤さん、京に行くんだってね。おきちを頼んだよ！」

幾千代に言われ、潤三が、へい、と頷く。

「ご苦労でしたね。それで、お庸さまたちはなんて言ってました？」

「へえ、そりゃもう、三婆の宴がまた開けると聞き、お庸さんも弥生さんも大悦びで……。金一郎さんの内儀とは面識がないが、そうしてすぐに快諾《かいだく》してくれるところをみると、きっと気さくな女《ひと》なんだろうねと……。それで、早速、端午《たんご》の節句《せっく》、五月五日はどうだろうかということになりやしたんで……。五月五日は広間が空《あ》いているし、今のところ、泊まり客の予約も三組でやすからね。それで、板頭の都合《つごう》を聞いて、あとで正式に返事をすることになりやした」

「ちょい待った！　五月五日といえば、三吉の祝言の日じゃねえか……」

達吉が蕗味噌を嘗めたような顔をする。

「ええ。けれども、それは京でのことで、うちは平常通りでやすからね……」

「まあな……。おめえが京に行って留守というだけで、うちは何も変わりがねえからよ」

潤三が戸惑《とまど》ったように達吉を見る。

「大番頭さん、もしかして、三婆の宴の再開を言い出したのがあっしなんで、それで、あっしに気を遣って？　なんだ、そういうことか……。嫌ですよ、大番頭さん！　三婆の宴は今回限りってことじゃなく、これからも度々《たびたび》開かれるんでやすから……」

「ねっ、ねっ、三婆の宴って、もしかして、先《せん》に田澤屋のご隠居と七海堂のご隠居、それに堺屋の後家《ごけ》三人で時折開いていた宴のことかえ？　あっ、それで……。田澤屋のご隠居も七海堂のご隠居も死んじまったもんだから、開けなくなってたってことなんだね？」

幾千代はやっと話の筋道《すじみち》が見えてきたとみえ、了解したとばかりに頷いた。

「そうなのですが、お庸さまや弥生さまが大層残念がられていましてね。それで、なんとか再開できないものだろうかと、七海堂の金一郎さまの内儀に声をかけてみたのですよ」

おりきがそう言うと、幾千代は仕こなし振りに頷いた。

「七海堂の嫁、久野って女ごは出来た女ごだろう？」

「えっ、久野さまをご存知で？」

「ああ、知ってるさ。あの女《ひと》は七海堂のお端女だったんだよ……。七海堂では次男の銀次郎がお端女の一人に誑《たぶら》かされて心中しちまっただろ？　それで、七海さんは金一郎に嫁を取る段になり、敢えて、お端女の中でも気立てが良く、働き者で心根《こころね》の優《やさ》しい女ごを嫁に迎えたんだよ……。何故、そんなことをと思うだろ？　あちしが思うに、七海さんは、自分が銀次郎と女ごを別れさせようとしたのは相手がお端女という理由からではない、女ごの性根《しょうね》が悪かったからだ、と世間に見せつけたかったのじゃないかと……。まっ、言ってみれば女ごの意地だったのだろうが、これが正鵠《せいこく》を射《い》たってわけでさ！　久野って女ごは決して前にしゃしゃり出るようなことはなく、それはもう、甲斐甲斐《かいがい》しく姑や亭主に仕《つか》えた……。どことい って取り柄《え》があるわけでも品者《しなもの》（美人）というわけでもないが、金一郎は久野の気立ての良さや、姑に尽くしてくれるところに惚れたんだろうね。あちしが思うに、あの女《ひと》だったから七海堂の嫁が務まったのだと……。それに、晩年の七海さんは夢と現《うつつ》の区別がつかなくなり、時折、徘《はい》徊《かい》するようになってただろ？　あちしがあの嫁だったら、姑がそんな状態になれば、今こそ竹篦《しっぺ》返《がえ》しをしてやるときとばかりに邪険《じゃけん》に扱ってやるが、あの女《ひと》はそんな姑を大事にしてさ……。だからさ、久野にしてみれば、姑に急死されてやっと息が吐けたってわけでさ。なんでも、心の臓の発作だというじゃないか……。あちしさ、それを聞いて、天もなかなか気の利いたことをすると思ってさ……」

おりきは達吉が何か言おうとしたのを、きっと目で制した。

どうやら、幾千代は銀次郎と心中した女ごがただのお端女ではなく七海の妹夏代だったということも、七海の死が自害だったことも知らないようである。

ならば、そう思っていてほしい。

敢えて、真実を知らせることはないのであるから……。

「幾千代さん、その話はもうそのくらいで……。そうだわ！　大番頭さんも潤三も小中飯がまだなのでしょう？　巳之吉が桜餅風穴子握り寿司を作ってくれているはずです。宜しかったら、幾千代さんも召し上がりませんこと？」

「桜餅風穴子握り寿司だって？　へえェ、なんだかよく解らないが、美味そうじゃないか！」

おりきが潤三に目まじする。

「へっ、ただいまお持ちしやしょう……」

潤三が板場のほうに去って行く。

おりきはやれと太息《ふといき》を吐いた。

おきちと潤三が京に向けて出立する前夜、おりきは旅籠衆の夜食が終わる頃合を見て、二人を帳場に呼んだ。

「いよいよ明朝となりましたね。二人とも、旅支度は出来ていますか？　祝言の際に身に着《つ》ける衣装は既に竹米さま宛に送っていますので、あとは道中着《どうちゆうぎ》だけですが、潤三、道中案内図帳《どうちゆうあんないずちよう》、留帳《とめちよう》、矢立《やたて》、火打石《ひうちいし》、火打がね、小田原提灯《おだわらぢようちん》、印籠《いんろう》、早道《はやみち》（銭入れ）は確かめましたか？　では、これが関所手形《せきしよてがた》です。いいですか？　早道の中には宿賃や食事代、駕籠賃といった道中入り用の細金《こまがね》だけを入れ、小判や小粒《こつぶ》（一分金）は胴巻《どうまき》の中に収めておくのですよ」

おりきの老婆心《ろうばしん》に、達吉がにたりと嗤う。

「女将さん、潤三は餓鬼《がき》じゃねえんだ。そのくれェのことは解ってやすよ。それより、道中案内図帳を開いて、一日の行程をよく頭の中に叩き込んでおくこった……。勿論《もちろん》、予定通りには運ばないことを考慮しなきゃなんねえが、大凡《おおよそ》の見当はつけておかなきゃな。それでよ、まず一日目は保土ヶ谷宿を目指せ……。衣笠屋という旅籠に泊まるように手配してあるからよ。そして二日目が平塚《ひらつか》か大磯《おおいそ》……。三日目は箱根湯本《はこねゆもと》で翌日が山越えとなる。おきちの脚じゃきつかろうが、歩けねえようなら、山駕籠《やまかご》を使うんだ……。そして次が三島か沼津《ぬまづ》。ここまでが四日となると、ここからは少し先を急がなくちゃなんねえ……。四ツ手を使ってもいいから、府中（静岡）か鞠子（静岡丸子《こ》）、いや、いっその腐《くさ》れ岡部《おかべ》まで行っちまえ！　そして次が袋井《ふくろい》か見附《みつけ》（磐田《いわた》）で、次が二川《ふたがわ》（豊橋《とよはし》）か吉田（豊橋）……。これで既に一廻《ひとまわ》り（一週間）か……。おっ、なかなか上手《うめ》ェこと来たじゃねえか！　半分以上も来たんだもんな。まっ、これは飽《あ》くまでも目安であり、その通りにはならねえことを頭に入れて翌日の行程を考えるこった。どうだ、おきち、大丈夫《でえじょうぶ》だな？　おめえより小さな餓鬼でも歩くんだからよ」

　達吉に睨《ね》めつけられ、おきちが渋々《しぶしぶ》と頷く。

「だって、あんちゃんはこれまで何度もこの街道を通って来たんだもの、だったら、あたしだって……」

「潤三、これだけはくれぐれも言っておきます。道中で何事かあれば、すぐに早飛脚《はやびきやく》にて知らせるのですよ。印籠の中に感応丸《かんのうがん》、兜膏薬《かぶとこうやく》、正気散《しょうきさん》、黒丸子《こくがんし》を入れておきましたからね。症状に合わせて飲むとよいでしょう」

「へっ、解ってやす」

「そうですか……。では、明朝は六ツ（午前六時）発ちですので、今宵《こよい》は早めに休むとよいでしょう。おうめにおまえたち二人の朝餉《あさげ》を七ツ半（午前五時）までに摂らせるようにと伝えていますので、七ツ（午前四時）にはいつでも出立できるように仕度を済ませておくように……」

「はい。では、お先に休ませてもれェやす」

潤三がぺこりと頭を下げ、帳場を出て行く。

が、どうしたことか、おきちがまだ心許なさそうに、すじりもじりしているではないか……。

「どうしました？」

「あのう……。あたし、あんちゃんに逢ったらなんて言えばよいのかと思って……」

おきちが上目遣《うわめづか》いにおりきを窺う。

「なんて言えばよいかですって？　素直に、お目出度《めでと》うございます、と言えばよいではないですか」

「それだけ？　それでいいの？　あたし、何か難《むずか》しい口上《こうじょう》を言わなきゃならないのかと思って……」

おりきはふっと頰を弛めた。

「三吉はおきちの兄さんではないですか！　改まって堅苦《かたくる》しい挨拶《あいさつ》をするより、いつものように心に思ったことを素直に伝えればよいのですよ。三吉だって、堅苦しい挨拶をされるより、そのほうが嬉しいでしょうからね」

「じゃ、あんちゃんのお嫁さんになる女には？」

「そうですね……。琴音さんとは初対面ですので三吉のようにはいかないでしょうが、お目出度うございます、琴音さんのような姉さんが出来て嬉しく思っています、と言えばよいでしょう」

「…………」

「どうしました？」

「だって、あたし、姉さんが出来て嬉しいかどうか解らないんだもの……」

「…………」

今度はおりきのほうが唖然《あぜん》とし、言葉を失った。

「おきち、おまえ……。まあね、まだピンとこないのは解ります。けれども、三吉と琴音さんが夫婦《めおと》になれば、琴音さんはおきちの姉さんとなります。おたかが亡くなり、もう一人いた兄さんは歩行新宿《かちしんじゆく》に奉公に出た後、姿を消して行方不明《ゆくえふめい》というではないですか……。だから、現在《いま》ではおきちと三吉はたった二人の兄妹《きようだい》となったのですよ。そうだわ！　琴音さんのことをおたかと思えばよいのですよ。おたかは十一年前に胸を病《や》んで死んでしまったけど、琴音さんに姿を変えて、再び、おまえたち兄妹の前に現れてくれたと思えばよいのではないですか？」

「そんなの変だ！」

「ええ、そんなことがあるはずがありません。けれども、そう思うほうがずっと親《した》しみやすくなるのではありませんか？」

「違う！　琴音さんはおたか姉ちゃんじゃない……。おたか姉ちゃんは糟喰のおとっつァんや病《やまい》のおっかさんに代わって、あんちゃんやあたしのために働き詰めに働いてきたんだ！　瀬戸物屋《せともの や》に奉公に出たあんちゃんは酒代をせびりに来るおとっつァんから逃げるようにして姿を晦《くら》ましちまったけど、おたか姉ちゃんは不平ひとつ言わずにあたしたちのために働いてくれ、それで胸を病んで死んじまったんだ！　あたしはおたか姉ちゃんのことを一日として忘れたことがない！　だから、琴音さんであろうが誰であろうが、おたか姉ちゃんの代わりにはならないんだ……」

おきちの頬を涙が伝う。

おりきにもおきちの胸の内が解るだけに、なんと言ってやればよいのか解らない。

茶立女《ちゃたておんな》をしていたおたかが胸を病み、おりきは大森海岸《おおもりかいがん》の蒲鉾小屋《かまぼこご や》に病人を置いておけないと猟師町に長屋を借りてやり、妹のおきちを介護につけていたのだが、おたかの生命《いのち》は永《なが》くは保《も》たず、当時十歳だったおきちが看取《みと》ることになってしまったのである。

おたかが危篤と悟ったおりきが長屋に駆けつけたとき、おきちはおたかの目を醒まさせようと亡骸《なきがら》に縋《すが》りつき、頻りに身体を揺すっていた。

「おきち、姉ちゃんはね、もう目を醒まさないのよ」

おりきはおきちの背を支え起こした。

「嘘だ……。眠ってるだけだ。姉ちゃん、今日は朝から具合《ぐあい》が良かったんだ。玉子粥《たまごがゆ》もお椀《わん》に一杯ほど食べてくれたし、蜆《しじみ》のお汁《つゆ》も飲んだ。寝床から起き上がって、髪を梳《す》いてくれないか、と言ったんだよ」

おきちが再びおたかの上に崩《くず》れ落ちそうになり、おりきはその背をしっかと摑んだ。

「そう。それでさっぱりとした髪をしているのですね」

「姉ちゃんね、今日はいろんなことを喋《しゃべ》ってくれたんだ。女将さんには世話になりっ放しだ。一日も早くよくなって、姉弟《きょうだい》三人で恩が返せるように働こうねって……」

おりきはおたかには死の近いことが解っていたのだと思った。

だからこそ、髪を梳いてくれとおきちに頼み、残された力を振り絞《しぼ》るようにして、おきちに想いを託したのであろう。

おたかはおきちに、おまえと三吉はまだ十歳だ、今のうちはおとっつァんも差出《さしで》しないだろうが、今後、何があっても、おとっつァんについて行っちゃ駄目だよ、それしか、自分を護《まも》る方法はないんだからね、と言い残したという。

おりきはおたかの無念《むねん》さが手に取るように解った。

解りましたよ、おたか。二人のことはこのおりきが預かります。おまえはもう、何も案じることはないのですよ……。

おりきは亡骸にそっと手を合わせた。

すると、やっとおきちにもおたかがもう二度と戻って来ないことが解ったとみえ、

「嫌だ！　姉ちゃん、嫌だ……。十五夜に一緒に月を見ると約束したじゃないか！　幾千代さんが金魚をもう一匹持ってきてくれるのが愉しみだと言ってたじゃないか！　嫌だ、姉ちゃん。姉ちゃんの嘘つき……」

とおたかの身体にしがみつき、乱気《らんき》したように泣き叫んだのである。

数ヶ月前に母親が亡くなり、ときを経《へ》ずして一家の柱石《ちゅうせき》おたかを失った衝撃は、十歳の娘には大きすぎたのであろう。

あれから十一年……。

これまで、おきちがおたかのことを口にするのを聞いたことがなかったので、ではもう子供時代のことは忘れてしまったのだろうかと思っていたが、忘れたのではなく敢えて口にしないようにしていたのだろう。

「おきち、わたくしの言い方が悪かったわ。ごめんなさいね。そうね、誰であろうと、おたかの代わりにはならない……。おたかは現在《いま》でもおきちの心の中に生きているのですものね」

　おきちは胸の内を吐き出してしまうとすっきりしたのか、照れ笑いをした。

「でも、いいんです。琴音さんはあんちゃんのお嫁さん！　あたしが嬉しいかどうかなんて関係ないんだもの……。それに、逢えば好きになるかもしれないし、現在《いま》からあれこれと考えるのは止《よ》します」

　おりきはやれと眉を開いた。

「そうね。まずは逢ってみることです。肩肘《かたひじ》を張らず、自然のままに接すればよいのですよ」

「解りました。じゃ、お休みなさい」

　おきちがぺこりと頭を下げ、帳場を出て行く。

　おりきとおきちの会話を黙って聞いていた達吉が、開いた口が塞がらないといった顔をする。

「なんでェ、今のは……」

「わたくしにはおきちのどこかしら覚束《おぼつか》ない気持が解るような気がします……。不安なのですよ。これまでも三吉とは離れ離れでしたが、心の中では繋《つな》がっていると思っていたのでしょう。それが三吉が妻帯《さいたい》することで縁《えにし》の糸が切れてしまうような想い、というか、琴音さんに三吉を盗られたような想いに陥《おちい》った……。おきちの場合、三吉とは双子だけに、その想いがより強いのではないでしょうか」

「まあな、解らなくもねえが……。それに、京までの長旅も不安の一つ……。なんせ、生まれてこの方、品川宿から離れたことがねえんだもんな。このあっしだって、京まで行けと言われたら気後れするというのに、同行するのがこれまた旅は初めての潤三なんだからよ……。女将さん、西国《さいごく》からたった一人で品川宿まで出て来られたと聞いてやすが、心細くありやせんでしたか？」

達吉が食い入るようにおりきを見る。

「わたくしですか……。何しろ、二十歳のときでしたからね。と言うことは、ここに来て、もう十九年になるのですね……。ええ、それは心細いなんてものではありませんでしたよ。けれども、あのとき、わたくしの心は国許《くにもと》で一度死《い》んでいましたからね……。この先どう生きていけばよいのか解らず、自我を失い、謂わば彷徨《ほうこう》といってもよい道中でしたので、恐らく、心細さを卓越《たくえつ》したものがわたくしをここまで導《みちび》いたのだと思います」

「ああ、そうかもしれねえ……。きっと、先代が女将さんをここまで導いたんだ！　だから、品川の海に身を投じようとした女将さんを先代が見つけて引き止め、生命《いのち》を粗末《そまつ》にするもんじゃねえと叱咤《しった》した……。しかも、それが縁で立場茶屋おりきの女衆《おなごし》となり、現在《いま》では二代目女将……。そう考えると、人の縁なんて判らねえもんでやすね？」

達吉がしみじみとした口調《くちょう》で言う。

「本当ですこと……」

おりきはそう言い、先代を偲《しの》ぶかのように目を細めた。

明け六ツである。

立場茶屋おりきの前では、おりき、達吉、吾平、末吉《すえきち》、おうめ、おみの、市造《いちぞう》といった旅籠衆のほぼ全員に茶屋衆《ちゃやし》までが棹《さお》になって並び、これから旅立とうとする潤三とおきちの見送りを……。

手拭《てぬぐい》を姉さま被《かぶ》りにし、着物の上に塵除《ちりよ》けの浴衣《ゆかた》を纏い、腰に幅広《はばひろ》の腰紐《こしひも》を締《し》めたおきちの旅姿に、皆が一様《いちよう》に目を瞠《みは》った。

まるで、どこかのご新造《しんぞう》かと見紛《みまが》うほどに、おきちが大人びて見えたのである。

そして潤三はと見ると、引き回し合羽《がっぱ》に菅笠《すげがさ》、股引《ももひき》、脚絆《きゃはん》、甲懸《こうがけ》、草鞋《わらじ》と、これまたいっぱしの旅姿……。

潤三が肩にかけた振り分け荷物の中には、旅の必需品がぎっしりと詰まっているのであろう。

「おきち、達者《たっしゃ》でな！　三吉に逢ったら、あたしら皆が祝いを言ってたと伝えておくれ！」

「道中、気をつけるんだよ」

「野盗《やとう》に襲われるんじゃねえぜ！」

「このひょうたくれが！　潤さんやおきちを怖がらせてどうすんのさ」

店衆《たなし》が口々に声をかける。

すると、人立《ひとだち》の後《うし》ろに立っていた福治《ふくじ》がすっと前に出て来て、弁当をおきちに手渡す。

「弁当箱はかけながしにしておいたんで、食ったら捨てて下せえ……。板頭や連次《れんじ》さんがまだ魚河岸《うおがし》から戻って来てねえもんで、有り合わせでしか作れなかったが、おきちさんの好きな鰆の味噌漬焼が入ってるからよ……」

　おきちが目をまじくじさせる。

「福治さんが作ってくれたの？」

「いや、あっしは助《す》けただけで、殆《ほと》ど板脇《いたわき》が……」

「市さん、福さん、済まねえな！」

　潤三が気を兼ねたように目まじする。

「なに、俺たちゃ、どっちにしたって朝餉膳《あさげぜん》を作るんだ。このくれェ、朝飯前《あさめしめえ》さ！」

　すると、そこに仕入れに出ていた巳之吉、連次、政太《せいた》が息せき切って駆けて来た。

「ああ、間に合った……」

「もう行っちまったかと肝《きも》を冷やしたが、間に合って良かったぜ。おっ、潤さん、おきちのことを頼んだぜ！」

　巳之吉に肩を叩かれ、潤三が、へい、と頷く。

「これで全員揃いましたね。では、おきち、潤三、気をつけて行っておいで！」

　おりきの合図に全員が手を挙げる。

「気をつけてな！」

「行っといで！」

「へっ、行って参りやす」
二人が頭を下げ、くるりと背を返す。
「おーい、気ィつけなや！」
なんと、誰かと思ったら、達吉である。
おきちと潤三は振り返ると、ちょいと腰を折った。
この時刻、街道を行く旅人の姿は多い。
これから旅に出ようとする者、旅送りする者……。
品川宿では別れの場面はさほど珍しくもないが、これほどまで派手派手《はではで》しい旅送り
に道行く人が脚を止め、物珍しそうに眺《なが》めている。
おりきは四囲《しい》を見廻すと、申し訳なさそうに腰を折り、店衆たちに中に入るように
と促《うなが》した。
茶屋衆も旅籠衆も名残惜《なごりお》しそうな顔をして、各々《おのおの》に見世へと戻って行く。
「とうとう行っちまったか……」
達吉がしんがりを歩きながらぽつりと呟く。
おりきも一抹《いちまつ》の不安と心寂《うらさみ》しさを感じた。
旅籠の女将として毎日こうして旅人を見送っているというのに、この心寂しさはど

うだろう。

ああ、おきちも潤三も身内と思っているからなのだ……。

改めてそのことに気づかされ、おりきはハッと街道へと目を返した。

二人の姿はもう目に捉《とら》えられない。


「そうけえ、行っちまったか……」

昼前になって帳場に顔を出した亀蔵が、煙管《きせる》を吹かしながら言う。

「明け六ツじゃよ、土台《どだい》、見送ろうにも車町《くるまちょう》にいたんじゃ無理ってもんでよ……。それで、二人は機嫌《きげん》よく旅立ったんだな？」

「ええ、お陰さまで……」

「今時分、どこら辺りを歩いてるんだろうか……。川崎か？」

亀蔵がそう言うと、達吉が、いやっ、と首を振る。

「川崎宿はもう過ぎてるでしょう。品川宿から川崎宿までが二里半、川崎宿から神奈川宿までが二里半となると、さあて、今頃は鶴見村《つるみむら》か生麦村《なまむぎむら》か……。その辺りで腹《はら》拵《ごしら》えでもしてるとみてよいかと……。なんせ、今日は旅の初日とあって、今宵の宿は保土ヶ谷宿と決めてやすからね。夕刻、保土ヶ谷に着こうと思ったら、あんましゆっくりもしていられねえ」

「えっ、宿まで決めてるのか！」

亀蔵が驚いたように、芥子粒《けしつぶ》のような目を見開く。

「いや、予約を入れたのは保土ヶ谷だけで、あとは潤三の裁量次第《しでえ》……。実際に歩いてみねえと、どのくれェ進めるか判らねえからよ」

「ああ、そりゃそうだ……。まっ、おきちが疲れりゃ四ツ手や駄馬《だば》を使うことも出来るからよ。とは言え、気をつけねえと、馬方《うまかた》や六尺にとんでもねえのがいるというからよ……。途中で野盗に早替わりして強請《ゆすり》をかける輩《やから》がいるというから油断《ゆだん》できねえ。おっ、おりきさんよ、無事に着いたと知らせが入《へえ》るまで気が気じゃねえよな？」

亀蔵が灰吹《はいふ》きに煙管の雁首《がんくび》をバシンと打ちつける。

「そうなのですよ。それで、わたくし、ここ一廻りほど潤三に当身《あてみ》や小手返《こてがえ》しの技《わざ》を教えていたのですけどね」

おりきがそう言うと、達吉と亀蔵が、ええェ、と声を上げる。

「当身って、合気道《あいきどう》の？」

「おりきさんの父親が教えていた新なんたら流の？」

「新起倒流《しんきとうりゆう》ですけどね。さすがに投げまでは教えることが出来ませんでしたが、相手の急所を知っておくだけで、咄嗟《とつさ》の場合に役立ちますからね」

　すると、達吉が大仰に相槌を打つ。

「そうそう！　あっしは女将さんがごろん坊をねじ伏せるのをこの目で見やしたからね」

「えっ、いつのことですか？」

「ほれ、いつだったか、大坂《おおざか》の伊呂波堂《いろはどう》の旦那が旅の途中で出逢《であ》ったという三十路半《みそじなか》ばの男女を連れて来たことがありやしたでしょう？　たまたま部屋が空いていたもんだからお泊めすることになったんだが、その男女、桑名《くわな》の白鳳堂《はくほうどう》の遠戚《えんせき》と名乗ったが実は手代で、侠客《きようかく》の手懸《てかけ》と手に手を取り合っての道行《みちゆき》……。ところが、平塚から跟《つ》けて来た手下《てか》に女ごがここに入《へえ》るのを見られたものだから、元締《もとじめ》ってエのが女ごを奪い返《けえ》そうと殴《なぐ》り込みをかけてきやしたでしょう？　あんときの女将さんときたら、ああ、親分にも見せたかったぜ！　男がぐいと伸ばしてきた手を女将さんが身体を躱《かわ》しその手首を取ると、反対側に捩《よじ》りながら鳩尾《みぞおち》に当身を……。するてエと、もう一人の男が匕首《あいくち》を抜いて女将さんに向かって飛び込んで来た……。女将さんは手首を捩った男を突き放すと身体を捩り、匕首を持った男の懐にすっと入り込み、手首を摑んで転身《てんしん》すると投げを放った！　男の身体がどさりと音を立てて床に崩れ落ちたときの、なんとも言えねえ爽快《そうかい》さ！　あっしは惚れ惚れとしやしたぜ……。ねっ、思い出しやしたでしょう？」

「さあ、そんなことがあったかしら……」

おりきは空惚《そらとぼ》けた。

「またまた惚けて！　あのとき、女将さんは倒れた元締の傍に腰を下ろし、わたくしが当旅籠の女将おりきにございます、少々手荒いことをしてしまいましたが、わたくしどもではお泊まりになったお客さまがどなたであれ、お護りする使命がございます、それ故《ゆえ》、どうぞ今宵は大人しくお引き取り願いとうございます、尚、今後、この品川宿では二度とこのような騒ぎをお起こしになりませんよう、先程《さきほど》、この宿を預かる親分に遣いを走らせましたので、おっつけ参ると思います、おまえさま方、親分やお役人の見えないうちに姿を消しなすったほうが宜しいのではございませんか？　とそう言いなさった……」

「おお、その話は俺も聞いた！　けど、おりきさんが男をねじ伏せる場面は見てねえもんでよ。ああ、残念だったなあ……」

亀蔵が言葉通り、実に残念といった顔をする。

「もう、二人とも止して下さいな。極力、そんなものは使わないほうがいいのですから……。とは言え、いざというときには役に立ちます。それで、自分の身を護るためにも初歩的なことだけは教えておいたほうがよいと思いましてね」

「けど、ここ一廻りほど教えたって、一体《いってえ》、いつ、どこで……」

達吉が怪訝《けげん》そうに首を捻《ひね》る。

「夜が明けるのが早くなってきましたからね。巳之吉たちが魚河岸に出掛けた後、潤三に浜まで下りるようにと伝えていたのですよ」

「じゃ、早朝の浜で……。いやァ、ちっとも気がつきやせんでしたよ」

「旅籠衆に気づかれないように抜け出したのですもの、達吉が知らなくて当然です」

おりきが気恥ずかしそうに言う。

「おっ、おりきさんよォ、いっそのやけ、裏庭に道場を造っちゃどうだえ？」

亀蔵が調子に乗ってちょっくら返す。

「止して下さいよ。わたくしを何歳だと思っているのです」

おりきがめっと亀蔵を睨めつける。

「おっ、そうよ！　裏庭に造るとしたら道場ではなく、女将さんと巳之さんの新居だぜ！」

　達吉までがちょうらかす。

「莫迦なことを！　二人とも二度とそんなことを言わないで下さいな。裏庭は善助が心を込めて造ってくれた菊畑……。わたくしはそれで満足しているのですから……」

　おりきが善助の名前を出すと、二人は顔を見合わせ頷いた。

「いかにも、おりきさんらしいや……」

「ああ、そこが女将さんの善《よ》いところなんだがよ……」

　葉桜の頃、おきちと潤三は現在《いま》どの辺りを歩いているのだろうか……。

十一

八文屋《はちもんや》の口切《くちきり》（開店）は五ツ半（午前九時）である。

朝餉《あさげ》には幾分《いくぶん》遅く、昼餉《ひるげ》には早すぎるように思えるが、鉄平《てっぺい》が仕入れから戻って来てから惣菜《そうざい》の仕込みを始めるので、二十品以上のお菜《さい》を作るとなると、どんなに急いでもそれより前に見世《みせ》を開けるのは無理というもの……。

常連客もそのあたりは心得ていて、各自《かくじ》朝餉は簡単に済ませ、いざ中食《ちゆうじき》で美味《うま》いものをたらふく食おうと手薬煉《てぐすね》引いているらしく、四ツ半（午前十一時）近くになると途端《とたん》に応接に暇《いとま》がないほどの忙しさとなる。

おさわは煮染《にしめ》やなまり節と焼き豆腐《どうふ》の煮付《につけ》、鰯《いわし》の梅煮《うめに》など惣菜の入った皿や鉢《はち》を飯台《はんだい》に並べ、板場の鉄平とこうめに声をかけた。

「じゃ、そろそろ暖簾《のれん》を出すからね！」

そうして、ガラリと油障子《あぶらしょうじ》を開け、ヒャッ、驚いた！　と胸を押さえる。

なんと、天秤棒《てんびんぼう》を担《かつ》いだ若者が立っているではないか……。

半台《はんだい》（桶《おけ》）の中に浅蜊《あさり》が山盛りになっているところを見ると、どうやら、浅蜊売りのようである。

「驚かすんじゃないよ！　えっ、浅蜊を売りに来たのかえ？　だったら、水口《みずぐち》に廻《まわ》りな。おや、おまえ、見掛けない顔だね……。ここらあたりは初めてかえ？」

おさわが品定《しなさだ》めでもするかのように、若者を睨《ね》め回す。

若者はひょいと頷《うなず》いた。

年の頃は十四、五歳であろうか……。

継《つ》ぎ接《は》ぎだらけの股引《ももひき》に弁慶縞《べんけいじま》の浴衣《ゆかた》を尻端折《しりはしょ》りにし、前髪に結《ゆ》った月代《さかやき》に毛が生《は》えかけているところを見ると、あまり暮らし向きはよくなさそうである。

「どうした？　おまえ、浅蜊を買ってもらいたいんだろ？　だったら、裏に廻りなよ。ほら、そこの路地を入るんだよ！」

若者は再びひょいと頷くと、へっぴり腰に蹌踉《よろ》めきながら路地に入って行った。

暖簾を掲《かか》げると、おさわも板場へと入《い》って行く。

「鉄平、浅蜊を売りに来てるんだが、要《い》るよね？」

「浅蜊？　今日の味噌汁《みそしる》は蜆《しじみ》にしようと思ってたんだが……」

鉄平が洗い桶に容《い》れた蜆をちらと見る。

「買ってやればいいじゃないか。春はなんといっても浅蜊か蛤《はまぐり》だ！　味噌汁は蜆のままにして、浅蜊は酒蒸《さかむ》しにすればいいんだからさ……。晩酌《ばんしゃく》によい宛《あて》が出来たと、義《に》兄《い》さん、きっと悦《よろこ》ぶだろうからさ……」

こうめが切干大根《きりぼしだいこん》の水気を切りながら言う。

「そうだよね……。深川飯《ふかがわめし》にしたっていいんだからさ。じゃ、一升《いっしょう》ほど買うけど、それでいいね？」

おさわがそう言い、水口の扉《とびら》を開ける。

「にいさん、一升ほど貰《もら》おうか！　で、幾《いく》らだえ？」

「二十文……。砂抜きは済んでやすんで……」

「二十文？　ちょいとばかり高直《こうじき》なんじゃないかえ？　おや、まあ、これは見事な浅蜊じゃないか……。ああ、これなら、二十文でも高くはない」

すると、こうめも水口から出て来て、

「一升なんてみっちいことを言っていないで、二升買っちゃいなよ！　今宵《こよい》の夕餉は浅蜊尽くしってのもいいんじゃない？」

と燥《はしや》いだように言う。

「そうだよね。じゃ、二升貰うよ。はい、四十文！　おや、どうした！　おまえ、顔が真《ま》っ青《さお》じゃないか……」

若者の顔から見る見るうちに色が失せていくのを見て、おさわが狼狽える。

「嫌《いや》だ、おばちゃん、この男《ひと》、具合《ぐあい》が悪そうだよ！」

こうめがそう言うと、若者はふらふらとその場に蹲《うずくま》った。

「鉄平、鉄平、ちょいと出て来ておくれ！」

おさわの声に、鉄平が水口から飛び出して来る。

「どうした！」

「どうしよう……。この男《ひと》、具合が悪そうなんだよ」

「どうするって言われても……。とにかく、中に入れて暫《しばら》く休ませようぜ。ほら、俺が背負《せお》うから、こうめ、食間に床を取ってくんな！」

鉄平に言われ、こうめが慌てて水口に駆け込む。

「大丈夫かえ？　ほら、鉄平の背中に負《お》ぶさるんだ」

鉄平が若者を背負い食間に運ぶと、若者はこうめが敷《し》いた蒲団《ふとん》に崩《くず》れ落ちるようにして横たわった。

婆《ばあ》やと三歳になったお初《はつ》が、何事かと目をまじくじさせている。

「ああ、心配しなくていいんだよ。少し具合が悪そうだから休ませてやろうと思ってね。悪いけど、中食までお初を表で遊ばせてくれないかえ？」

おさわがそう言うと、婆やが眉根《まゆね》を寄せる。

「どなたさんで？」

「さあ……。浅蜊を売りにきたんだけど、いきなり倒れちまったもんだから……」

「大丈夫なんですか？　そんな、どこの誰だか判《わか》らない者を家の中に入れて……」

「誰だか判らないからって、放ってもおけないだろうに……。じゃ、解《わか》ったよ。お初を外に連れ出すのは止《よ》すことにして、おまえさん、ここでお初の相手をしておくれ……。但《ただ》し、静かにしているんだよ。いいね、お初、お利口《りこう》にしていられるよね？」

お初がこくりと頷く。

「じゃ、そろそろ客が来る頃だから見世に戻るけど、何かあれば知らせておくれ」

おさわはそう言い置くと、板場に引き返した。

見世にはどうやら一組客が入ったとみえ、こうめが注文を取る声が聞こえてくる。

「そうだった……。通路に浅蜊を出しっぱなしにしていちゃ拙《まず》いよね？　じゃ、板場の中に入れておこうね」

おさわが天秤棒から半台を外《はず》し、板場の中に運び込む。

「ほう、こいつァ、見事な浅蜊じゃねえか！」

「だろう？　酒蒸しにすると美味《うま》いと思うよ」

「鯵の塩焼一丁、山菜天麩羅一丁、味噌汁二丁！」

　こうめが板場に注文を通す。

　惣菜は大皿や大鉢に容れて飯台に並べているので、こうめが皿に取り客に配るのである。

　ご飯《はん》であろうがお汁《つゆ》であろうがお菜であろうが、一品八文……。

　大概《たいがい》の客がご飯にお汁、お菜を二品か三品注文するので、三十二文か四十文となる。

　蕎麦《そば》一杯が十六文と考えれば、まんざら悪い商《あきな》いでもなかった。

「ああ、ひだるくって（空腹）目が回りそうだぜ！　こうめ、早《はえ》ェとこ、いつものをくんな」

　左官の朋吉《ともきち》が飛び込んで来るや、板場近くのいつもの席にどかりと腰を下ろす。

「あいよ！　煮染に鯖焼《さばやき》、蜆汁に飯。まったく、年中三界《ねんじゅうさんがい》、同じものを食ってさ……」

「てやんでェ！　同じものを食って、それのどこが悪《わり》ィ！　おさわの煮染は天下《てんか》一品《いっぴん》なんだからよ。それによ、俺《おり》ャ、またの名を、鯖男《さばお》というんだからよ」

　朋吉がそう言うと、担《にな》い売りの岩伍《いわご》と仙次《せんじ》が呆《あき》れ返ったような顔をする。

「鯖男が聞いて呆れるぜ！　おっ、こうめ、俺ャ、ご飯にお汁、それに鰯の梅煮、煮染に青菜《あおな》の辛子《からし》和《あ》え……」

「じゃ、俺はなまり節と焼き豆腐の煮付に煮染、卯《う》の花、きんぴら牛蒡《ごぼう》」

「仙さん、ご飯とお汁もだろ？」

こうめが訊《たず》ねると、岩伍が、今日の味噌汁はなんだ？　と訊《き》く。

「蜆汁だけど……」

「また蜆かよ。浅蜊はねえのかよ？　品川沖《しながわおき》じゃ汐干刈客《しおひがりきやく》で一杯《いっぺえ》だというのによ！」

「あっ、浅蜊ね。ああ、あるよ」

「えっ、あるって？　じゃ、俺は浅蜊汁だ」

するとたった今見世に入って来たばかりの浪人高田誠之介《たかだせいのすけ》が相好《そうごう》を崩す。

「おっ、浅蜊があるって？　じゃ、俺は酒蒸しで一杯といくか……」

「じゃ、熱燗《あつかん》と酒蒸しだね？　あいよ！」

「おいおい、高田さま、また昼間っから酒かよ。へっ、いい身分よな！」

朋吉がちょうらかしたように言う。

こうめは板場に戻ると、おさわの顔を窺《うかが》った。

「浅蜊汁と酒蒸しの注文を請《う》けちまったんだけど、あの男《ひと》に二升買《う》うと言ったんだから使ってもいいよね？」

おさわは困じ果てたような顔をして、鉄平を見た。

「どうしよう……。確かに、二升買うと言ったんだけど、お代を握らせようとした途端、あの男《ひと》、具合悪そうな顔をしたもんだから、まだ金を渡していないんだよ。お代を渡してなきゃ、買ったことにならないよね？」

「ああ、そう思うけど……」

「けど、お代を払おうとしたことをあの男《ひと》は知ってるんだよ？　だったら、あとで渡せばいいのじゃないかしら？　それに、あの男《ひと》だって、売れないより売れたほうがいいに決まってる……。ねっ、おまえさん、そう思わないかえ？」

こうめに言われ、鉄平が意を決したようにおさわを瞠《みつ》める。

「俺もこうめが言うとおりだと思う。あの男にしてみれば、売れねえより売れたほうがいい……。第一《でえいち》、ああして食間で寝てたんじゃ、ますます売り歩く機宜《きぎ》を逸《いっ》しちまう。浅蜊はどんどん鮮度が落ちていくだろうしよ。それより、うちで使えるだけ使ってやったほうがいいのじゃなかろうか……」

おさわも納得したとばかりに頷く。

「だったら、二升はうちで買ったことにして、取り分けておこうね……。じゃ、早速《さっそく》あたしがお汁と酒蒸しを作るから、鉄平、鯖と鰺を焼いておくれ」

「あい、承知！」

早速、おさわは一升枡《ます》に二杯浅蜊を取り分ける。

塩水に浅蜊を浸《ひた》し、おさわは食間へと目をやった。

もう少し様子を見て、昼過ぎになっても恢復《かいふく》しないようなら、素庵《そあん》さまに診《み》てもらわなければ……。

と言っても、あの男《ひと》の名前も知らなければ、どこから来たのかも判らない。

やれ……、とおさわは太息《ふといき》を吐《つ》いた。

浅蜊を買ってやろうと思ったばかりに、厄介《やっかい》なお荷物を背負い込んでしまったように思えたのである。

食間から出て来たおさわはこうめと目が合うと、蕗味噌《ふきみそ》を嘗《な》めたような顔をした。

「どう？　少しは食べた？」

こうめがおさわの手にした行平《ゆきひら》を顎《あご》で差す。

「二口ほど食べてくれたけど、なんだか喉《のど》に粥《かゆ》を通すのさえ辛《つら》そうなんだよ……。それに熱もあるみたいだし、身体が怠くて堪らないと言うんだよ」

「熱？　風邪《かぜ》かしら……」

「いや、本人は風邪は引いていないと言うんだがね。やっぱ、素庵さまに診てもらったほうがいいんじゃなかろうか……」

「それは、往診《おうしん》をしてもらうってことで？」

鉄平が浅蜊の殻《から》を剝《む》きながら言う。

「さあ、往診はどうだろう……。親分の話じゃ、代脈《だいみやく》（助手）の一人が先月辞《や》めたそうだから、現在《いま》は往診を願うのは無理かもしれない……」

おさわが唇をへの字に曲《ま》げる。

「けど、南本宿《みなみほんしゆく》まで連れて行くといっても、一人じゃ歩けねえ状態なんだもの、土台《どだい》、無理ってもんだ……。四ツ手（駕籠《かご》）にでも乗せる気なんで？」

「それしか方法がないだろうね」

「でも、誰かが付き添《そ》って行かなきゃ……」

こうめがそう言うと、おさわがふうと肩息《かたいき》を吐き、あたしが付き添うよ、と言う。

「あの男に浅蜊を買ってやるから水口に廻れと言ったのはあたしなんだ……。袖擦《そです》り合うも多生《たしよう》の縁というからさ。これもあたしに与えられた宿命《さだめ》と思わなきゃならない……。そんなわけで中食を済ませたら見世を空《あ》けさせてもらうけど、いいかえ？」

「ええ、構いやせん。じゃ、急いで深川飯を作りやしょう」

鉄平が鍋《なべ》に出汁《だし》、酒、味醂《みりん》、醤油《しょうゆ》を入れて煮立《にた》て、長葱《ながねぎ》を加えてしんなりさせると、最後に浅蜊の剝き身を入れてひと煮立ちさせる。

こうめが丼鉢《どんぶりばち》に白飯《しろめし》を盛り、はいよ、と鉄平に差し出す。

「食間は病人が寝てるから、今日の中食は見世で摂《と》ることにしようよ。客はもう帰ったんだろ？」

「高田さま一人が長っ尻《ちり》してるけど、構やしないさ。おばちゃん、婆やとお初に見世に来るように言っておくれよ」

こうめが盆に人数分の丼鉢を載《の》せ、おさわに声をかける。

「あいよ！」

おさわが食間に入って行く。

こうめが丼鉢を見世に運んで行くと、朋吉たちが帰った後も一人でちびちび酒を飲んでいた誠之介が慌てて立ち上がる。

「おっ、これから中食か？　おまえたちの中食の邪魔をしては悪いな。こうめ、勘《かん》定《じょう》してくんな」

「お銚子四本に浅蜊の酒蒸し、煮染、鰯の梅煮に青菜の辛子和えで、締めて八十文……」

銚子一本十二文の計算である。

これが白馬《しろうま》（どぶろく）だと一本八文で、諸白《もろはく》なら十二文、上等な下《くだ》り諸白が四十文……。

誠之介もそれは了解済みなので、文句はつけなかった。

「おっ、深川飯かい？　美味そうじゃないか……」

誠之介が銭を払いながら丼鉢を覗《のぞ》き込む。

「高田さまも食べるかえ？」

「いや、止しておこう。酒と肴《さかな》で腹中満々《ふくちゅうまんまん》だ。やっ、馳走《ごち》になったな！」

誠之介が片手を挙《あ》げて見世を出て行く。

此《こ》の中《じゅう》、誠之介の懐《ふところ》が温かいのは、内職で始めた戯作《げさく》が按配《あんばい》よく運んでいるからなのであろう。

お初が婆やに手を繋《つな》がれ見世に入って来る。

三歳になったお初の足取りは随分《ずいぶん》としっかりしてきた。

小柄なくせにせっかちで気性《きしょう》の荒かったみずきと違い、生まれつき大柄なお初はどちらかというとおっとりとした質《たち》である。

みずきがこの年頃には、おさわが少しも目を離せなくて悲鳴を上げていたのだが、お初は放っておいても一日中婆やとよい子にして遊んでいる。

「お初、今日は深川飯だよ！　良かったね。腹一杯食べるんだよ」

こうめに言われ、お初が、うん、あたち一杯食べる！と言う。

みずきに比べて言葉を話すのが遅かったお初だが、此の中やっと会話らしい会話が出来るようになっていた。

鉄平がでれりと脂下《やにさ》がったような目でお初を眺《なが》めている。

お初が生まれたばかりの頃は、長く一緒に暮らした分だけお初よりみずきのほうが可愛《かわい》いと言っていた鉄平だが、こうしてみると、やはり、我が子は目の中に入れても痛くないほど可愛いとみえる。

「さあ、お香々《こうこ》だよ。じゃ、食べようか！」

おさわが声をかけ、皆が一斉《いっせい》に箸《はし》を取る。

「なんと、この浅蜊、火にかけても身が縮《ちぢ》まらずにふっくらとしてるじゃないか！」

こうめが興奮したように言う。

「確かに言えてらァ！　こりゃ、等級《とうきゅう》をつけるとしたら特上の浅蜊だぜ！　あいつ、こんな上物をどこで手に入れたんだろ……」

鉄平も目をまじくじさせる。

「穴場《あなば》を知ってるってことじゃないのかえ？　まっ、どこで手に入れようと、うちは上等の浅蜊が手に入ったんだから、極上上吉《ごくじようじようきち》ってもんでさ！」

鉄平とこうめがそんな会話をしていると、おさわが思い出したように言う。

「そうそう、あの男《ひと》、ジュウイチっていうんだってさ……」

「ジュウイチ？　どんな字を書くんだろ……。重いって字に数字の一、それか、市場の市……」

鉄平がそう言うと、おさわが首を振る。

「あたしも同じことを言ったんだけど、違うんだって……。数字の十と一で、十一《じゆういち》っていうそうだよ」

「十一……。へえェ、妙な名！　十一人目に生まれたから十一とつけたんだろうか……。けど、十一人も子がいたんじゃ親は大変だろうね」

こうめが目をまじくじさせる。

「まさか……。いえね、何故《なぜ》そんな名なのかまでは言わなかったんだけどさ」

「で、どこから来たのか訊かなかったのかえ？」

こうめに言われ、おさわが困じ果てた顔をする。

「具合の悪い者に一度にあれこれ訊ねちゃ悪いと思ってさ。いえね、本当に辛そうだったんだよ。玉子粥《たまごがゆ》だって二口食べるのが筒一杯《つついっぱい》みたいでさ……。まっ、追々《おいおい》訊けばいいと思って、それ以上は追及しなかったんだよ」

「けどさァ、これから素庵さまのところに連れて行くにしても、駕籠賃《かごちん》もかかれば薬料《やくりょう》（治療費）も要るというのに、その金は誰が払うのさ！　まさか、おばちゃんが被《かぶ》ろうってんじゃないだろうね」

こうめが皮肉の色を浮かべ、おさわを流し見る。

「取り敢《あ》えずはあたしが立て替《か》えておくよりしょうがないだろう……。いいってことさ！　今後のことは追々考えればいいんだからさ」

「おばちゃんっていつも追々なんだから！　駄目だよ、そんなんじゃ……。いつだったかも釣《つ》り銭を落としてべそをかいてた小僧に、取り敢えずおばちゃんが立て替えてやるから、お金が出来たときに返しにおいでって小白《こじろ》（一朱銀）を二枚も渡して、あれからもう二年が経《た》つけど未《いま》だに返しに来ないじゃないか！　しかも、小僧の名前も聞いてなきゃ、どこのお店《たな》に奉公しているのかも聞いてないんだからさ！　人の善《よ》いにもほどがある」

　こうめが気を苛ったような言い方をする。

「だってさ、あのくらいの子を見ると、つい、陸郎《りくろう》が子供だった頃のことを思い出してね……。雀村塾《じゃくそんじゅく》に入れてもらえるまでは、それこそ近所の使い走りをしてみたり、海とんぼ（漁師）の真似事《まねごと》みたいなことをしていたんだからさ……」

　おさわのしんみりとした口調《くちょう》に、鉄平が慌てる。

「こうめ、余計《よけい》なことを……。おばちゃんに陸郎さんのことを思い出させてしまったじゃねえか！」

　鉄平に窘《たしな》められ、こうめが申し訳なさそうに、ひょいと肩を竦《すく》める。

「ごめんよ。そんなつもりじゃなかったんだよ。だって、陸郎さんが亡くなって四年だろ？　もうすっかりおばちゃんの心の中では折り合いがついてると思ってたんだよ」

　おさわが寂《さみ》しそうに頬《ほお》を弛《ゆる》める。

「陸郎のことにはとっくの昔に折り合いをつけてるさ……。あの子はさァ、川口屋《かわぐちや》の養子《ようし》に入って御家人黒田《くろだ》家の株を買ってもらい武家の身分になったときから、あたしとは縁が切れてるんだからさ……。それが証拠に、陸郎の死に目にも逢《あ》えず、墓に詣《まい》るのでさえ三千世《みちよ》（陸郎の女房）さんに気を兼ねなきゃなんないし、孫の軌一郎《きいちろう》にも逢わせてもらえないんだから……」

「軌一郎さん、現在《いま》幾つかしら？」

「陸郎が亡くなったときが六歳だったから、現在《いま》は十歳かと……」

「ああ、そうか……。みずきと同《おな》い歳《どし》だったんだね。陸郎さんに似て、さぞや凛々《りり》しい坊《ぼう》になっただろうね。ねっ、逢いたいだろ？」

こうめがおさわの顔を覗き込む。

が、おさわはきっぱりとした口調で否定した。

「逢いたくなんてないさ！　あたしはさ、小石川《こいしかわ》とはきっぱり縁を切ったんだからね。年に何回か称名寺《しようみようじ》の墓にお詣りさせてもらうだけで満足なんだ……。だから、こうめちゃん、あたしの前で二度と黒田の話をしないでおくれ！　さっ、こんなことしちゃいられない。鉄平、こうめ、あたしは四ツ手を呼んでくるから、あとは頼んだよ！

そうそう、親分が戻ってきたら、事情を話しておくれ……。そうだね、手が空《す》いているようだったら、素庵さまの診療所に顔を出してもらいたいと伝えてくれないかえ？

じゃ、頼んだよ！」

おさわはそう言うと、八文屋を後にした。

内藤《ないとう》素庵は十一の診察を終え、おさわを廊下に呼び出すと、苦虫《にがむし》を噛《か》み潰《つぶ》したような顔をした。

「まだはっきりとは言えないが、貧血が酷《ひど》いうえに発熱がある。しかも、かなり衰弱しているようだ」

「てことは……」

「労咳《ろうがい》とか風邪でないことは判るのだが……。以前、小石川養生所の医者から聞いたことがあるのだが、血液の病《やまい》にこれに似た症状があるとか……」

「なんて病なのですか？」

「オランダの医学書によれば白血病《はっけつびょう》というらしい。つまり、骨髄《こつずい》の中で白血球が異常に増殖し正常な血液細胞が作れず、そのために赤血球が減少して貧血を起こしてみたり、また白血球の減少により免疫力《めんえきりょく》の低下、血小板《けっしょうばん》の減少により出血、口内炎を引き起こす……。あの男の場合、貧血、発熱、倦怠感《けんたいかん》、口内炎と非常に症状が似ているのよ。仮に、あの男がこの病だとすれば、残念ながら不治《ふち》の病と見てよいだろう……」

「不治の病……。治《なお》す術《すべ》がないというんですか？」

「あの男がその病だとすればな……。とは言え、残念ながら、あの男がその病かどうか調べる術もない。従って、様子を見るより仕方がないということだ……」

素庵がそう言うと、あっと、おさわが眉根を寄せる。

「現在《いま》、思い出したんですが、確か、親分から聞いたことがあるような……。いえね、親分は立場茶屋《たてばぢやや》おりきの女将《おかみ》さんから聞いたらしいんですけどね。なんでも、三田《みた》一丁目の両替商真田屋《さなだや》の一人娘が素庵さまが今おっしゃった血液の病に罹《かか》り亡くなったとか……。なんでも発病して九月《くつき》ほどで亡くなったとかで、女将さんが随分と気落ちされたそうでしてね。まあ、どうしよう……。あの男《ひと》が同じ病だとしたら、早晩永《そうばんなが》くはないということ……。素庵さま、どうしたらいいんでしょう」

「せいぜい四虚《しきよ》（血液成分の不足）に対応する十全大補湯《じゆうぜんたいほとう》の処方、滋養強壮《じようきようそう》として小建中湯《しようけんちゆうとう》、補中益気湯《ほちゆうえつきとう》を処方する以外にはないのだが、極力《きよくりよく》、疲れさせないように身体を休ませることだ」

「じゃ、浅蜊売りなんてしちゃいけないってこと……」

「なに？　浅蜊を担い歩いていたのか！」

素庵は驚いたように診察室のほうを見た。

「ええ、それが聞いて下さいよ。今朝、暖簾を出そうとしたら、あの男《ひと》が油障子の外に突っ立ってましてね……」

おさわが十一との出逢《であ》いを話していると、そこに、亀蔵《かめぞう》がやって来た。

「こうめに聞いて飛んできたんだが、おめえ、また余計な差出《さしで》をしたんだって？」

亀蔵は開いた口が塞《ふさ》がらないといった顔をしたが、素庵に視線を移すと、へっ、こりゃどうも……、と会釈《えしやく》する。

「余計な差出といっても、それが余計じゃなかったんだからさ！　素庵さまの話じゃ、血の病で、これが難病も難病、治す術がないというじゃないか。ほら、親分、先《せん》に話してただろ？　両替商真田屋の娘のことを……。恐らく、あれと同じ病なのじゃなかろうかと言われるんだよ」

真田屋という言葉に、亀蔵が目を見開く。

「えっ、こずえって娘と同じ病……。じゃ、もう助からねえってことか？」

「いや、まだはっきりと決まったわけではない。ただ症状が非常によく似ているってことでよ」

素庵が弱り果てた顔をする。

「じゃ、家の者に知らせなくっちゃな……。おさわ、その男の素性《すじよう》を訊いたか？」

「いいえ、名前を聞いただけでさ。十一っていうんだって……」

「ジュウイチ？　重いに一と書くのか？」

「いえ、数字の十一だってさ」

「数字の十一だって？　成程《なるほど》、慈悲心鳥《じひしんちょう》ってわけか……」

「慈悲心鳥って、ああ、そっか……。時鳥《ほととぎす》に似たあの鳥のことだね？　そうか、あれも十一っていうんだったね」

「で、どこから来たって？」

「だから、まだ訊いていないんだよ」

「訊いてねえって、何やってんだよ！」

亀蔵が忌々《いまいま》しそうな顔をして、診察室に入って行く。

「おっ、おめえが十一か。おめえ、どこから来た？　つまり、おめえの住まいは？」

「猟師町《りょうしまち》でやす」

十一が亀蔵に気圧《けお》され、鼠鳴《ねずみな》きするような声を出す。

「浅蜊を売り歩いてるってからには、まっ、そうなんだろうがよ。それで歳は幾つだ？　親の名前《なめえ》は？　いるんだろ、おとっつァんやおっかさんが……」

「十五でやす。親は……」

「どうした？　まさか、いねえというんじゃねえだろうな？」

「………」

「じゃ、誰と暮らしている」

「おくらさんと……」

「おくら？　母親でねえとしたら、誰でェ、その女《おな》ごは！」

「………」

「どうしてェ、まさか、その歳で、てめえの情婦《いろ》っていうんじゃねえだろうな！」

十一が怯《おび》えたように首を振る。

「おくらさんは五十路《いそじ》過ぎで……」

「なんでェ、婆《ばばあ》か！」

亀蔵がそう言うと、横に立っていたおさわがちょいと亀蔵の腰をつつく。

今年五十四になるおさわは、自分が婆と呼ばれたかのように思い、業が煮えたのであろう。

「おお、済まねえ。おめえのことを言ったわけじゃねえんだ……。で、そのおくらというのは誰なんでェ！」

亀蔵が再び十一に目を戻す。

「おいらを育ててくれた女《ひと》です」

「つまり、養《やしな》い親というんだな？　で、どこに住んでる。と言うのも、おめえが病で倒れたってことを知らせなくちゃならねえからよ」

「知らせるって……。いえ、おいら、もう帰《けえ》りやすんで……」

十一が慌てて起き上がろうとする。

が、頭を上げかけ目眩《めまい》がしたのか、ああっと目を閉じた。

「駄目だよ、まだ寝てなきゃ！」

おさわが慌てて十一を横にならせる。

十一は辛そうに呟《つぶや》いた。

「おくらさんには知らせねえで下さい。それに、知らせたところで、きっと来ねえから……」

「来ねえ？　養い親ならおめえを引き取るのが道理だろうが！　俺ャ、十手《じって》を預かる者として、来る来ねえに拘《かか》わらず、知らせねえわけにはいかねえからよ……。なんて裏店《うらだな》に住んでいる？」

「つばくろ店《だな》……」

「つばくろ？　ああ、長十郎店《ちょうじゅうろうだな》だな。どういう理由《わけ》か、棟割《むねわり》の五軒に燕《つばめ》が巣を造ったもんだから、以来、つばくろ店と呼ばれるようになったとかいうが。燕の来る家は長《ちょう》者になるとは天骨もねえ！　あそこは貧乏人の巣窟だ。へえエ、あそこに住んでるのか……。じゃ、訊くまでもなく、おくらもおめえも爪《つめ》に火を点《とも》すような生活《たつき》を強《し》いられてるんだろうな。だがよ、かと言って、知らせねえわけにはいかねえ……。じゃ、俺ャ、ちょいと猟師町まで行って来るが、素庵さま、こいつはどうしやす？　いつまでも診察室に寝かせておくわけにはいかねえんじゃ……」

亀蔵が素庵を窺う。

「ああ、ここには置いておけないからよ。いずれにしても、暫くは様子を見たいので、病室に移すことにしよう。幸い、現在《いま》は病室に他の患者がいないのでな……」

おさわがほっと胸を撫《な》で下ろす。

正《まさ》な話、十一に身内がなく、おまけに養い親が引き取らない可能性があるというのであるから、どうしたものかと思案《しあん》投げ首していたのである。

まさか、不治の病に罹っているかもしれない男をこのまま放り出すわけにはいかないし、とは言え、八文屋に連れ帰るわけにもいかない。

今後どうするかは追々考えることにしても、当座は病室に預かってもらうのが一番だろう。

「素庵さま、有難《ありがと》うございます。あたし、出来るだけ暇を作り病室に顔を出しますんで、どうか宜《よろ》しくお願いします」

おさわは飛蝗《ばった》のように何度も腰を折った。

そうして、十一の耳許《みみもと》に口を近づけると、小声で囁《ささや》いた。

「薬料のことは気にしなくていいんだよ。あたしが面倒を見ることにしたからさ……。それでね、浅蜊のことなんだけど、今朝、うちで二升買ってやると言っただろ？　そしたら、おまえが倒れちまったもんだからどうしようかと困じ果ててたんだが、二升はうちが買ったことにして使わせてもらったからね。それで残りの浅蜊のことなんだけど、おまえがこんなんじゃ、もう売り歩くことは出来ないだろ？　けど、放っておけば腐《くさ》らせてしまい、使い物にならなくなる……。それでどうだろう？　残りの浅蜊も全部八文屋で買うことにして、その代金をここの薬料に当てるってのは……。勿論《もちろん》、浅蜊の代金だけでは薬料の足《た》しにしかならないだろう。だからさ、足りない分はあたしが立て替えておくから、おまえは金のことは心配しないで、一日も早く動けるようになることだ……。いいね？　解ってくれたね？」

「けど、それじゃ悪い……。おいら、もう少し具合が良くなったら、帰りやすんで……」

「てんごう言ってんじゃないの！　おまえね、自分で思っているより重病なんだよ。

いいかえ？　こうなったら、素庵さまの言われるとおりにするんだ。あたしもさァ、乗りかかった船だ。途中で放り出すようなことはしないから安心してな」

「………」

十一が今にも泣き出しそうな顔をする。

おさわは無理して頬に笑《え》みを貼《は》りつけた。

足りない分は立て替えておくと言ったが、恐らく、十一が息災《そくさい》になることはもうないだろう。

それなのに、一日も早く動けるようになることだと綺麗事《きれいごと》を言わなければならないとは……。

「莫迦《ばか》だね、そんな顔をして……。あたしさァ、何故かしら、おまえのことが他人に思えなくてさ。多分、たった一人の息子があたしの傍《そば》から離れていったのが、丁度《ちょうど》、おまえくらいのときだったからなんだろうが、正な話、また息子の世話が出来るのかと思うと嬉《うれ》しくて堪らないんだよ。だからさ、おまえ、決して気を兼ねることはないんだよ！」

おさわはそれだけ言うと、代脈に目まじした。

もう十一を病室に連れて行ってもよいという意味である。

十一が代脈の背に負われ、病室へと運ばれていく。

おさわは素庵に一度八文屋に戻り、夕餉《ゆうげ》の仕込みを手伝ったら再び戻って来ると伝え、診療所を後にした。


亀蔵がギシギシと溝板《どぶいた》を踏み締《し》め井戸端のほうに歩いて行くと、盥《たらい》に屈《かが》み込んで洗濯をしていた女《おな》ごが驚いたように振り返った。

「なんだ、驚いたじゃないか！　高輪《たかなわ》の親分じゃないですか……」

女ごが訝《いぶか》しそうな顔をして立ち上がる。

「何かご用で？」

「おっ、女ご、訊きてェんだが、この裏店におくらという女ごはいねえか？」

「おくらさん？　ああ、いるよ……。路次口《ろじぐち》を入って二軒目の部屋がそうだが、おくらさんが何か？」

「十一という若者と一緒に暮らしているそうだな？」

「十一……。ええ、いますよ。十一が何かしましたんで？」

「いや、それだけ判りゃいいんだ」

亀蔵はぞん気に言うと、路次口から二軒目の部屋へと引き返した。

「おっ、誰かいるか？　入《へえ》るぞ！」

通路から声をかけると、ガラリと腰高障子《こしだかしょうじ》を開ける。

土間に坐《すわ》り込んで投網《とあみ》を繕《つくろ》っていた五十路過ぎの老婆が、胡散臭《うさんくさ》そうに亀蔵を睨めつけた。

板間に海老筒筌《えびせん》や上魚簗《あげうおやな》、雁爪籠《がんづめかご》が転がっているところを見ると、どうやら、この家には十一の他にも海とんぼがいるようである。

「おめえがおくらか？」

亀蔵がそう言うと、おくらはふンと鼻で嗤《わら》った。

「ああ、そうだが、何か用か」

「ここに十一という若者がいると聞いたが、間違《まちげ》ェねえな？」

「ああ、いるが、現在《いま》は留守だ」

「その十一なんだがよ、車町《くるまちょう》の八文屋に浅蜊を売りに来て倒れたのよ。それで南本宿の内藤素庵さまの診療所に運び込んだのだが、素庵さまの話じゃ、十一はかなり重篤《じゅうとく》な状態にあるというのよ……。それでよ、素庵さまから話があるそうなんで、おめえに診療所まで来てもらいてェんだが……」

「………」

おくらは手を休めようともしない。

「十一の話じゃ、おめえは養い親なんだってな？　だったら、養い親として責めを負わなきゃならねえ……。あいつはもしかするともうあまり永くねえかもしれねえんでよ」

おくらがじろりと上目《うわめ》に亀蔵を見る。

「だったら尚更《なおさら》、うちにはもう用なしだ……」

「十一が用なしだと？　そりゃ、どういう意味でェ……」

「うちには働かない者は要らないってことさ。ましてや、病人なんて……」

「この不実者《ふじつもの》が！　それでも養い親か！　十一がてめえの腹を痛めた子でないとしても、一旦養い親になったからには、責めを負うのが筋じゃねえか！」

亀蔵が声を荒らげる。

が、おくらは微動《びどう》だにしない。

「言っとくが、あたしゃ、養い親になりたくてなったわけじゃないんだ！　死んだ亭主が余所《よそ》の女ごに産《う》ませた赤児《やや》を連れ帰り、あたしに育てろというもんだから、十人目の子を産んだばかりだったあたしが仕方なく育てただけで、これまで育ててやっただけでも有難《ありがた》く思ってもらいたいもんだ……。十人も子がいて、そのうえ誰だか判らない女ごの子を育てさせられた、あたしの身にもなってもらいたいもんだ！　おまえねえ、食わず貧楽《ひんらく》（貧しいながらも愉《たの》しく生きる）なんて天骨もない！　世帯が詰まらない（暮らし向きが立たない）というのに、どうやって立行《たちいき》していけるっていうのさ……。おまけに亭主は死んじまうし、十人いた子の半分までを死なせてしまい、現在《いま》、真面《まとも》に働けるのは三番目の子と十番目の子で、残りの女ごの子はとっくの昔に女衒《ぜげん》に売り飛ばした……。十一はさァ、此の中、やっと浅蜊や蜆を捕《と》るコツを覚えたばかりでさ。これで幾らか元が取れると思っていたのに、病だって？　冗談じゃないよ！　素庵さまかなんか知らないが、うちじゃそんな子は要らないから、煮るなり焼くなり好きにしてくんな、と伝えておくれ！」

　おくらは木で鼻を括《くく》ったような言い方をすると、ぷいと横を向いた。

　こうなると、亀蔵にもおてちん（お手上げ）である。

「おう、解ったぜ。とにかく、一旦は引き上げるが、お役人と相談して、十一の始末を考えなきゃならねえ……。それでいいんだな？」

「だから、好きにしておくれと言っただろ！」

に、亀蔵は肝《きも》が煎《い》れながらもそこはぐっと胸を押さえ、これ以上話しても無駄とばかり後《うし》ろ手にバシンと腰高障子を閉めた。

すると、先程《さきほど》、井戸端にいた女ごが寄って来る。

「十一がどうしたって？」

「いや、病に倒れ、現在《いま》、南本宿の素庵さまの診療所にいるので顔を出せと言ったんだが、おくらの奴、聞く耳を持とうとしねえのよ……」

亀蔵が苦々《にがにが》しそうに吐き出す。

女ごが、無理、無理、と手を振る。

「十一はおくらさんの子じゃないんだ……。亭主が外の女ごに産ませた子でさ。生後間なしに連れて来られて、たまたま、おくらさんが十人目の子を産んだばかりのところだったもんでオッパイを分け与えて育てたんだが、十一が二歳になるやならない頃に亭主が時化《しけ》の海で帰らぬ人となってさ……。そうなると、まさか、十一を放り出すわけにもいかないじゃないか……。それで、仕方なく今日まで育ててきたってわけでさ。そんな理由《わけ》だから、病で倒れた十一を引き取れというのは、土台、無理な話……。十一もね、幼い頃から、おまえはどこの馬の骨か判らない女ごの子なんだ、と言い続けられてきたもんだから、いつも小さくなってさ……。十一って名前も、既《すで》に十人も子がいるところにやって来たというんで、適当につけた名でさ！　あっ、お待ちよ……。もしかすると、わざと鳥の十一から名前を取ったのかも……。ほら、あれって、自分は巣を持たずに他の鳥の巣に卵を産みつけるというだろ？　だからさ、皮肉のつもりで、十一とつけたのかも……。ああ、きっとそうなんだ！　なんだえ、今頃気がつくなんてさ……」

女ごは納得したように頷いた。

「それで、十一はどうなるんで？」

女ごが亀蔵の顔を覗き込む。

「どうもこうもねえや！　おくらが煮て食おうと焼いて食おうと好きにしてくれと言うんだからよ……。まっ、現在《いま》のところは、診療所の病室にいるんだけどよ」

「で、容態《ようだい》はどうなんだえ？　治るんだろ？」

「いや、そいつは判らねえ……。とにかく、病名も定かじゃねえんだからよ」

まあ……、と女ごが眉根を寄せる。

と、そこに空《から》になった半台を担いだ十五、六歳ほどの若者が路次口を入って来た。

女ごが亀蔵に囁く。

「ほら、あの子が十番目の子で俊太《しゅんた》っていうんだよ。十一とオッパイを分け合った子……」

十人目の子の名前が俊太とは……。

亀蔵にも、十一がいかにやっつけ仕事で名前をつけられたか解ったような気がした。

「お帰り！　おや、浅蜊を売り切ったみたいだね」

女ごが声をかけると、俊太は嬉しそうな笑顔を返した。

「今日のは格別大きな浅蜊だったからよ……。皆、珍しいと言ってくれ、飛ぶように売れたぜ！」

「そうかえ、そりゃ、おっかさんが大悦びだ！」

俊太は亀蔵の腰に十手を認め、怪訝《けげん》そうな顔をして腰高障子を開けた。

亀蔵は俊太に十一のことを話しても無駄だと判断すると、つばくろ店を後にした。

路次口を出ようとすると、目の前を燕がつっと過《よ》ぎっていった。

どこに巣を造っているのかと目で燕を追うと、なんと、おくらの部屋の庇《ひさし》で黄色い口が幾つも開いているではないか……。

見ると、その向かいの庇にも巣が……。

が、つばくろ店の住人は長者とは程遠い。

亀蔵の胸に寂寞《せきばく》とした想《おも》いが過ぎる。

この裏店で十一が肩身の狭い想いで過ごしてきたことを思うと、これ以上、ここには置いておけないように思った。

とは言え、いつまでも病室に置いておくわけにもいかないだろう。

はてさて、一体《いってえ》どうしたものか……。

亀蔵は太息を吐くと、再び歩き始めた。


「鉄平、今宵のお品書《しながき》に浅蜊の柳川風《やながわふう》ってのをつけ加えようと思うんだけど……」

おさわが浅蜊の剝き身を作りながら言う。

「柳川風って、泥鰌《どじょう》の代わりに浅蜊を使うってことで？」

「ああ、そうだよ。酒蒸しにすると美味い出汁《だし》が出るだろう？　浅蜊が殻を開いたら一旦取り出し、笹掻《ささが》き牛蒡を入れてひと煮立ちさせ、味醂と醬油、殻を剝いた浅蜊の身を加えて卵一個を割り入れ、卵白《らんぱく》がよい感じになったところで卵黄《らんおう》一個分を加えて崩し、柳川風に仕上げるのさ。そこに、木の芽をあしらってやると香りが立つってもんでさ……。但し、これは八文ってわけにはいかないね……。なんせ、卵一個が二十文だからね。少なくとも四十八文は貰わなくっちゃ……。だからさ、客にその旨《むね》を話して、それから注文を請けることにしてはどうだろう」

「ああ、聞いただけで生唾《なまつば》が出そうだぜ！　じゃ、柳川風のために浅蜊を少し残しておきやしょうね。仮に、柳川風の注文がねえようなら、親分の晩酌用に酒蒸しを作ればいいんだもの……」

鉄平が笊《ざる》に大きめの浅蜊を取り分け、水で洗う。

「残りは時雨煮《しぐれに》にしておこうね。そうしておけば暫くは食べられるだろうし、白飯に混ぜて浅蜊ご飯にしてもいいんだから……」

おさわがそう言うと、生姜《しょうが》を刻《きざ》んでいたこうめが割って入る。

「けど、おばちゃんも考えたもんだね。十一さんの浅蜊をうちですべて引き取り、薬料の足しにするなんてさ。まっ、病が長引くとそんなものじゃ足りないだろうけど、おばちゃんがすべて被ることを思えば大助かりってもんだからさ！」

「けど、まさか、あの男がそんなに重病だったとはよ……。仮に、あの男の病が素庵さまの診立《みた》てどおりだとしたら、もう術なしってことか……。可哀相《かえいそう》に、まだ十五歳だというのによ」

鉄平が渋顔《しぶがお》をする。

「ところで、義兄さん、遅いね。つばくろ店のおくらって女に知らせに行ったんだろう？」

こうめが水口のほうに目をやる。

「もしかすると、親分はおくらさんを連れて診療所に廻ったのかも……。ああ、やっぱ、あたしも見世を抜けさせてもらってもいいかえ？」

おさわが気を苛ったように言う。

「ええ、ようがすよ。柳川風はおばちゃんから聞いたとおりに作るつもりだし、時雨煮も作っておきやすんで……」

「生姜を多めに入れるのを忘れないでおくれよ。佃煮《つくだに》みたいに濃《こ》い味にしないことと、山椒《さんしょう》の実を入れることも忘れちゃ駄目だよ」

おさわが不安そうに言う。

「解ってるってば！　いいから、おばちゃんは早く診療所に行きなよ」

こうめに言われ、おさわが前垂《まえだ》れを外す。

表に出ると、すっと海から吹き上げる薫風《くんぷう》が……。

五月の香りがつんとおさわの鼻を衝《つ》く。

若葉の香りといってもよいだろう。

それもそのはず、端午《たんご》の節句《せっく》を二日後に控《ひか》えているのである。

五月五日は三吉《さんきち》と琴音《ことね》の祝言《しゅうげん》の日……。

おきちちゃん、無事に京《きょう》に着いたのであろうか……。

ふっと、そんな想いが脳裡《のうり》を過ぎったが、再び、おさわは十一へと想いを馳《は》せた。

どうか、おくらという女《ひと》が駆けつけていますように……。

十一がどんな来《こ》し方《かた》をしてきたのか判らないが、おくらさんには知らせねえで下さい、知らせたところで、きっと来ねえから……、と言った十一の言葉から推測するに、これまで安気に暮らしていたとは思えない。

一体、十一の身に何が……。

そんなことを考えながら素庵の診療所を訪ね、診察室には寄らずに中庭から病室に廻ろうとすると、中庭で素庵と話し込む亀蔵の姿を認めた。

おさわが小走りに寄って行く。

「親分、お一人なんですか？」

おさわが病室の中をちらと窺うと、亀蔵は蕗味噌を嘗めたような顔をして首を振った。

「おくらが来たかって？　ふン、あの情け知らずが！　働けねえような病人を家に置いておくわけにはいかねえんだとよ。まあ、聞いとくれよ……。俺も十手を預かってる手前《てめえ》、大概《てえげえ》の場に立ち会ってきたが、あれほど切っても血の出ねえ女ごに出逢ったのは初めてでよ……。人畜生《にんちくしょう》たァ、ああいうのを言うんだろうて……」

亀蔵はつばくろ店であったことをおさわに話して聞かせた。

おさわの顔から見る見るうちに色が失《う》せていく。

「そんな……。酷いじゃないか！　いくら十一がおくらの子じゃないといっても、オッパイを分け与え、十五になるまで育ててきたというのにさ……。情が移って当然というのに、働けないような病人は要らないだって？」

「おさわ、そう気を苛《つま》つものではない。おくらの口からそんな殺生《せっしょう》な言葉が出るというのは、それだけ倹《つま》しい暮らしを強いられてきたということでよ……。亭主が他の女ごに産ませた子を乳《ち》飲《の》み子のときから育て、やっと稼《かせ》ぎ手となる歳になったかと思うと不治の病に冒《おか》されたのだからよ。冗談じゃない、このうえ病人の看病など出来るものかと思ったのだろう」

素庵が仕こなし顔に言う。

「まあな……。俺もおくらの気持が解らねえでもねえ……。それで、無理《むりじ》強いせずに引き返《けえ》して来たってわけでよ」

亀蔵が溜息《ためいき》を吐く。

「親分、そのことを十一に話したのかえ?」

「ああ、話した……。十一は別に驚いたふうでもなく、そうですか、やっぱり……。と言っただけでよ。あいつ、おくらがなんて答えるか解っていたもんだから、おくらには知らせねえでくれと言ったんだろうな……」

おさわの胸がカッと熱くなる。

十一を堪らなく不憫《ふびん》に思ったのである。

「それでよ、今、素庵さまと話してたんだが、十一にもう少し体力がつくまで診療所で預かってもらうことにした……。おさわが世話をするといっても、八文屋があるんじゃ、十一につきっきりというわけにはいかねえからよ」

えっと、おさわが素庵を見る。

「いいんですか?」

「ああ、いいとも! そのために診療所があり、病室を造ってあるのだからよ」

「じゃ、薬料はあたしに払わせて下さいね。それに、毎日顔を出しますんで……」

「ああ、解った。だが、薬料のことはさほど気にすることはないぞ。元々、法外《ほうがい》な薬料は取らないし、現在《いま》、あの男にしてやれることは、せいぜい薬を調剤してやることと滋養のあるものを食わせることだけなのだからよ」

「それじゃ、滋養のある食べ物はあたしに委《まか》せて下さいな。それで、どんなものを食べさせればよいんで？」

　おさわが素庵を瞠める。

「あの男の貧血は血液成分の不足によるものと思えるので、鶏《にわとり》の肝《きも》、法蓮草《ほうれんそう》、人参《にんじん》、山芋《やまいも》といったものがよいだろう。また、それらを調理するのに鉄鍋《てつなべ》を使うとよい。鉄分を摂ることが出来るのでな。また体力の回復のためには鶏肉《とりにく》、卵もよいだろう」

「解りました。早速、鉄平に言って、鶏を一羽丸ごと仕入れてこさせなきゃ……」

「物入りだな」

「いいえ、いいんですよ……。八文屋の惣菜にも使えますすし、鶏の皮なんて湯がいて細かく刻み、二杯酢で食べると、これがなかなか乙粋《おついき》な酒の肴になりましてね。それに胸肉は筑前煮《ちくぜんに》として使えるし、骨はまたよい出汁が採《と》れるんで重宝《ちょうほう》するんですよ」

　素庵が苦笑《にがわら》いする。

「おさわに料理の話をさせると、人が変わったみたいに活き活《い》きとするじゃないか！　おまえは根っからの料理人なんだな」

　おさわが照れたように肩を竦める。

「じゃ、あたしは十一の様子を見てきますんで……。親分はどうされます？」

「俺？　俺は自身番をちょいと覗き、今日はそれで引き上げることにすらァ……。なんだか、滅法界《めっぽうかい》、疲れちまったからよ」

「じゃ、八文屋に戻ったら、浅蜊の酒蒸しで一杯やるといいよ。鉄平が仕度《したく》してくれるだろうからさ」

「ああ、解った……。じゃ、素庵さま、十一のことをひとつ宜しく頼みやす！」

亀蔵が会釈して、通路へと歩いて行く。

おさわは病室に入ると、十一に声をかけた。

「具合はどうだえ？　少しは楽になったかえ？」

十一が起き上がろうとする。

「いいから、寝てな……。今、素庵さまや親分と話したんだが、おまえ、暫くここで療養するといいよ。あたしが毎日顔を出すからさ！　そうだねえ、この次来るとき、下帯《したおび》や浴衣といったものを持って来ようね。素庵さまからどんなものを食べさせたらよいか聞いたんで、滋養のあるものを作ってくるよ。三食ってわけにはいかないが、一食はあたしの運んで来たものを食べておくれ……。十一、負けるんじゃないよ！　あたしがついていてやるからさ」

十一の目に涙が盛り上がる。

「済んません……。なんにも関わりのねえおいらにそこまでしてくれて……」

「何言ってんだよ。関わりがないわけじゃないんだ！　浅蜊を売るのならどこに行ったってよかったのに、おまえは吸い寄せられるようにして八文屋に来た……。さぞや八文屋に来るまでもしんどかっただろうに、おまえはあたしの目の前で倒れたんだもんね。これは、あたしにおまえの世話をしろと天に命じられたこと……。あたしはそう思ってるんだから、気を兼ねることはないんだよ」

十一の頬をはらはらと涙が伝う。

「親分から聞いたんだけど、おまえ、これまで辛い想いをしてきたんだってね？　継子苛《ままこいじ》めをされて肩身の狭い思いをしてきたのかと思うと、おばちゃん、おまえが不憫で堪らない！」

「ううん。おいら、継子苛めをされても仕方がないんだ……。おいらと俊《しゅん》ちゃんがまだオッパイを飲んでいた頃、上の兄弟が三人も流行風邪《はやりかぜ》で死んじまったんだって……。やっと漁に出て稼げるようになったばかりだったんで、おくらさん、おいらに怒《いか》りの矛先《ほこさき》を向けるようになったんだって……。おまえが死ねばよかったのに働き手が死んで、穀《ごく》に立たないおまえが生きてるなんてと……。おいら、物心《ものごころ》がつくかつかない頃から、そう言われて大きくなったもんだから、次第《しでえ》に、おいらは生きてちゃいけない存在なのだと思うようになったんだ……。だから、おいら、身体の具合が悪いことに気づいてからは、早くどこかに身を隠さなきゃ、これ以上、おくらさんに迷惑をかけられないと思って……」

「おまえ……。もういい、もういい、話さなくていいんだよ！」

おさわが十一の手を握る。

枯れ木のように痩《や》せた腕に、おさわの目につっと熱いものが衝き上げた。

「十一、おばちゃんが護《まも》ってあげる。おばちゃんね、一人息子がいたんだけど、おまえと同じ年頃に手放さなきゃならなくなってね……。学問の好きな子だったんで、泣く泣く手放したんだけど、その子が病に倒れても看病してやることも出来なくてね。死に目にも逢わせてもらえなかった……。だから、息子にしてやれなかった看病をあたしにさせておくれ。おまえを見ていると、あたしの許《もと》を離れていった頃の陸郎のように思えてさ……」

「陸郎っていうんだ……」

「ああ、亭主が糟喰《かすくらい》（酒飲み）の海とんぼでさ……。あたし、息子だけは父親《てておや》のようになってもらいたくないと思い、陸郎って名前をつけたんだよ……。願いが叶《かな》ったのか、頭のよい子でね。あたし、なんとしてでもあの子に学問を身につけさせたくて、無理をして塾に通わせたんだよ。そしたら、陸郎の英明《えいめい》さが認められてね……。是非《ぜひ》にでも養子にという話が転がり込んで、それぱかりか、御家人株まで買い与えられてお武家に……。ふふっ、皮肉にも息子の栄進《えいしん》を望んだばかりに、手の届かない存在となっちまったってわけでさ……。けどさ、陸郎さえ幸せなら、あたしはそれでよかったんだ。生きていてくれさえすればね……」

「なんで死んだの？」

「胃の腑《ふ》に悪性の腫瘍《しゆよう》が出来てね……。恐らく、慣《な》れない武家の暮らしで気を遣ったんだろうね。けど、それも陸郎の宿命《さだめ》と思えば仕方のないことでね。ただ、陸郎が病の床に就《つ》いているというのに、終《つい》しか、逢わせてもらえなかったことが心残りでね……」

「そうなんだ……。いいなあ、陸郎さんは……。そうして、おっかさんからいつまでも思ってもらえるんだもの……。おいらを産んだおっかさんは、一度でもおいらのことを思ってくれただろうか……」

「そりゃ思っただろうさ。思わないはずがない！　我が腹を痛めて産んだ子が、今頃どこでどうしているだろうかと思わない母親がいるもんか！　おまえのおっかさんがどうして赤児《やや》を手放したのか解らないが、きっと、そうしなきゃならない事情があったんだろうさ。まっ、恨《うら》まないことだね……」

「恨まないさ。おいら、母子《おやこ》の情がどんなものなのか知らねえし、そればかりか、おくらさんが自分が産んだ子にも優《やさ》しくしてたのを見たことがねえからよ……。口を開けば、銭を稼いでこい、ただ飯を食ってんじゃないと銭のことばかり……」

「おくらさんには十人子がいたと親分から聞いたけど、三人は流行風邪で死んだとして、他の子は？」

「一番上の子はおとっつァんと一緒に海で死んじまって、二番目の子は喧嘩《けんか》して匕首《あいくち》で刺されて死に、現在《いま》生きているのは五人だけど、女ごの子三人は女衒に連れて行かれ、三番目の茂《しげる》って子とおいらと同い歳の俊太って子が海とんぼ……。おいらも海とんぼなんだが生まれつき虚弱《きよじやく》なもんだから、俊ちゃんの半分も浅蜊を捕《と》れなくて、おくらさんからいつも怒鳴られてばかり……」

「虚弱といっても……。おまえ、ろくすっぽう食べさせてもらっていなかったんじゃないかえ？　可哀相《かわいそう》に、こんなに痩せちまって……」

「だって、おいら、余計者《よけいもの》だもの、しょうがねえ……」

おさわの目に涙が溢《あふ》れる。

「ようっし、これからはおばちゃんが精のつくものを食べさせてやるからね！　但し、八文屋があるだろう？　午前中は仕込みがあるし、中食時《ちゆうじきどき》が過ぎるまでは手が離せないんだけど、中食を済ませたら美味《おい》しいものを運んで来るから、待ってるんだよ」

十一が再びはらはらと涙を流す。

「ほら、どうしたえ？　泣くんじゃないよ」

「おいら、優しい言葉をかけられたことがねえもんだから、優しくされるのがこんなにも良いものかと思って……」

「十一、おまえ……」

と、そこに、トクヨ婆さんが膳《ぜん》を手に病室に入って来た。

「しんみりしているところを邪魔《じやま》しちゃ悪いが、夕餉の仕度が出来たもんでよ……。素庵さまに言われたんで、出汁《だし》巻玉子《まきたまご》をつけてやったよ。ほれ、法蓮草のお浸《ひた》しにとろろ芋《いも》、大根《だいこん》と人参の炊《た》き合わせだ。とろろはご飯にかけて食べるといいよ。いいかえ、残すんじゃないよ！　ゆっくりときをかけてでも全部食べるんだ。そうしなくちゃ力がつかないからね」

トクヨ婆さんは元は旗本屋敷の賄《まかな》い方にいただけあって、六十路《むそじ》を疾《と》うに過ぎても未だに矍鑠《かくしやく》とし、診療所の奥向きを一手《いつて》に束《たば》ねている。

「トクヨさん、申し訳ありませんね。明日《あした》からは夕餉のお菜はあたしが運んできますんで、朝餉と中食をお願いしてもよいかしら？」

　トクヨ婆さんがとほんとする。

「へえェ、夕餉をおまえさんがね……。まっ、そうしたいというのなら、それでも構わないよ。厨《くりや》を使いたければ、いつでも使っておくれ。じゃ、あとは頼んだよ！」

　トクヨ婆さんはそう言うと、病室を出て行った。

　トクヨ婆さんには素庵も頭が上がらないと亀蔵から聞き、おさわは夕餉のお菜を運んで来ると言えばさぞや機嫌《きげん》を損《そこ》ねるのでは……、と案じていたので、ほっと息を吐いた。

　勝手方を預かる者は他人《ひと》に縄張《なわば》りを荒らされることを嫌うというが、あのトクヨ婆さんが厨を使いたければ使ってもよいと言ってくれたとは……。

　どうやら、トクヨ婆さんは少しばかり言葉尻《ことばじり》はきついが、心根《こころね》の優しい女ごのようである。

「起きられるかえ？　さあ、起きてみようね。そのほうが食べやすいから……」

　おさわが十一の身体を起こしてやり、

「ほら、出汁巻玉子だ。美味そうだよ！」

と、出汁巻玉子を十一の口に運ぼうとする。

「大丈夫《でえじょうぶ》だ。一人で食べられるから……」

十一は照れ臭そうに呟いた。


「そう言ャ、暫く親分の姿を見掛けねえが……」

出納帳《すいとうちょう》に前日の収支を記載《きさい》し、算盤《そろばん》を弾《はじ》いていた達吉《たつきち》が思い出したように呟く。

おりきも留帳《とめちょう》から目を上げ、ああ……、と頷く。

「そう言えば、ここ数日、姿をお見せになりませんわね」

「親分が最後に顔を出したのが五月に入《へえ》ったばかりの頃だったから、するてェと、一《ひと》廻《まわ》り（一週間）か……。妙なもんでやすね？　一廻りといえばさほど長《なげ》ェ間ってことはねえんだが、ほぼ毎日のように顔を出していた親分が一廻り顔を出さなかっただけで、一月《ひとつき》のように長く感じてしまう……。何かあったんでしょうかね？」

「そう言えばそうですわね……。常なら、三吉の祝言が無事に終わったのかと聞きに来てもよいはず……。尤《もっと》も、正六《しょうろく》（江戸、大坂間《おおざか》を六日で届ける早飛脚《はやびきゃく》）を使ったとしても文《ふみ》はまだ届きはしないのだけど、用がなくても顔を出していた親分にしては珍しいことですね」

おりきも首を傾《かし》げる。

「それはそうと、潤三《じゅんぞう》たちはいつ戻って来るのでしょうかね？」

「せっかく行った京ですもの、祝言が終わったからといって、すぐのすぐには京を発《た》たないでしょう。二、三日は京見物で寺社でも巡《めぐ》り、それから出立《しゅったつ》となると、戻って来るのは月末《つきずえ》ということになるのではないでしょうか……」

「へっ、何が寺社巡りだよ！　物見遊山《ものみゆさん》に行ったわけでもねえのに、いい気なもんだぜ！　こちとら、人手《ひとで》が足りなくてヒィヒィ言ってるというのによ！」

「よいではないですか。二人とも二度と遠出をすることがないでしょうから、たまには息抜きをさせてやってもよいのではありませんか？」

「まあ、そりゃそうなんだが……」

達吉が再び算盤を手にしたそのとき、玄関側の障子《しょうじ》の外から声がかかった。

「おりきさん、いるかよ！」

おりきと達吉が顔を見合わせる。

「おっ、噂《うわさ》をすれば影が差す！」

「どうぞ、お入り下さいませ」

亀蔵が障子を開き、目を瞬《しばたた》く。

「いえね、たった今、親分の噂をしていたところなのですよ。此の中、顔をお見せにならないけど何かあったのだろうかと……」

「なんでェ、そういうことか……。いや、来たくても来られなかったのよ。とにかく、茶をくんな！　ああ、喉《のど》がからついちまったぜ」

亀蔵が長火鉢《ながひばち》の傍にどかりと腰を下ろす。

「利助《りすけ》の野郎が一廻りほど田舎《いなか》に戻ることになったもんだから、金太《きんた》一人じゃ心許《こころもと》なくてよ……。お陰で、俺が下っ引きの仕事まで助《す》ける羽目《はめ》になっちまってよ。おっ、済まねえな」

亀蔵はよほど喉が渇《かわ》いていたとみえ、ぐいと茶を飲み干《ほ》した。

「しかもよ、おさわがひょんなことから病人の世話をすることになったもんだから、八文屋のほうも大忙しでよ……。こうめの奴、偉そうに俺を顎で使おうとするもんだから、おてちんでェ！」

「おさわさんが病人の世話とは……」

おりきが訝しそうな顔をする。

「そうか、おめえたちにはまだ話していなかったんだよな。それがよ、浅蜊を売りに来た男がおさわの前で倒れてよ……」

亀蔵はおさわが十一の世話をすることになった経緯《いきさつ》を話して聞かせた。

「まあ、こずえさんと同じ病ですって！」

「ああ、素庵さまの話じゃ、まず間違《まちげ》ェねえだろうってことでよ……。そうなると、まず以《もっ》て助かる見込みはねえ。おさわが可哀相《かえいそう》がってよ……。それで、毎日診療所に通い、世話を焼いてるってわけでよ。ところがそうなると、午後からおさわが見世を空けることになる……。まっ、惣菜の仕込みは朝のうちにやっておくんで、中食に支《し》障《しょう》が出るこたァねえんだが、それでもたまに夕餉時《ゆうげどき》に見世が立て込むことがあるもんだから、こうめ一人じゃ対応できねえのよ……。これまでは、おさわが板場と見世を行ったり来たりしてどっちも助けていたんだが、おさわがいねえと、きりきり舞《めえ》でよ……。とは言え、十一のことは放っておけとも言えやしねえ……。おさわにしてみれば、実の息子にしてやれなかったことを十一にしてやりてェと思ってるんだろうからよ」

おりきにもおさわの気持が手に取るように解った。

「あのとき、おさわさんは陸郎さんが病と聞いて、どんなに胸を痛めたことか……。

ところが黒田家に気を兼ねて、見舞いに行くことさえ叶わなかったのですものね」

おりきがそう言うと、達吉が腹立たしそうに割って入る。

「けど、十一には養い親がいるんだろ？　それなのに頬っ被りとはなんでェ！　酷《ひで》ェ話じゃねえか」

「おめえが向腹《むかばら》を立てるのも解る。俺だって業が煮えたさ……。だがよ、おくらの身にもなってみな？　養い親といっても、望んでそうなったわけじゃねえんだからよ」

亀蔵が苦々しそうに言う。

「望んだわけじゃねえとは、一体《いってえ》……」

「それがよ、十一はおくらの亭主が余所の女ごに産ませた子で、生後間もねえ赤児《やや》を連れて来ると、十人目の子を産んだばかりのおくらに、この子も一緒に育てろと押しつけたというのよ……」

「十人目の子って、えっ、では、おくらさんには十人もお子が……」

おりきが目をまじくじさせる。

「ああ……。おまけに十一が乳飲み子の頃に、亭主と一番上の息子が嵐の海で帰らぬ人に……。海とんぼの二人に死なれたおくらは十人の子を抱《かか》え、途方《とほう》に暮れた……。しかも、男の子三人を立て続けに流行病《はやりやまい》で亡くしてみな？　おくらが十一を疎《うと》んじたくなる気持も解るってもの……。それでなくても烟《けむり》の料《しろ》（生活費）が足りねえというのに、なんで自分が外借腹《げしやくばら》（庶出《しょしゅつ》）の子を育てなきゃならないのかと腹に据《す》えかねたんだろうて……。その十一が此の中やっと海とんぼの真似事《まねごと》が出来るようになった……。おくらにしてみれば、さあ、これから元を取り返《けえ》してやろうと思っていたところに、十一に病で倒れられてみな？　そりゃ、突き放したくもなるだろうて……」

まあ……、とおりきが眉根を寄せる。

「俺ャよ、つばくろ店を訪ねてみて思ったぜ。十一をここには置いておけねえと……。なんせ、目も当てられねえ暮らしぶりなのよ。幸い、素庵さまが暫く病室で預かってやると言ってくれてよ。それで、おさわが毎日滋養のある惣菜を運んでやってるわけさ」

「そうだったのですか……。けれども、十一さんがこずえさんと同じ病となると、完《かん》治《ち》はないということ……。この先どのくらい保《も》つか判らないのですよね？　おさわさん、これからもずっと南本宿まで通うつもりなのかしら？」

おりきがそう言うと、亀蔵が困じ果てた顔をする。

「それなのよ……。そこで、おりきさんに訊きてェんだが、真田屋の娘の場合、ずっと寝たきりだったわけじゃねえんだろ？」

「ええ。体調の悪いときには横になっておられたようですが、真田屋では極力こずえさんに平常通りの暮らしをさせるようにしておられました。大崎村《おおさきむら》の寮で茶会を催《もよお》したり、源次郎《げんじろう》さんとの祝言もきちんとお挙げになりましたからね……。二月《ふたつき》半は源次郎さんと夫婦《めおと》でいられたのですもの、さぞや、こずえさんも満足だったと思います……」

「確か、こずえって娘が亡くなったのは、後《のち》の月（九月十三日）だったように思うが……」

「ええ。後の月はわたくしにとっても忘れられない日となりました……。けれども、こずえさんは死を覚悟しておられましたし、残り少ない日々を源次郎さんと共に歩めたことでやりたいことをやり遂《と》げ、満足されていたと思います」

「まあな、女ごの幸せを味わうことが出来たってことだ……。してみると、果たせなかったのは、赤児《やや》を産むことだけというわけか……」

亀蔵がそう言うと、おりきがふわりとした笑みを返す。

「いえ、それも源次郎さんの後添《のちぞ》い育世《いくよ》さんに赤児《やや》が出来たことで、こずえさんの想いは果たせたことに……。わたくしはそう思っています」

「まさか！　てめえが産めなかった赤児《やや》を後添いが産むんだぜ？　肝精《きもせい》を焼いてもよ

いというのに、なんで、後添いが赤児を産むことで、こずえの想いが果たせるのかよ。俺ャ、解《げ》せねえ……」

亀蔵が訝しそうな顔をする。

「親分はこずえさんにお逢いになったことがないのでそう思うのでしょうが、こずえさんはそんなに度量《どりよう》の狭い方ではありませんのよ……。育世さんてね、源次郎さんに育世さんを引き合わせたように思えてなりません。わたくしね、こずえさんが源次郎さんに育世さんを引き合わせたように思えてなりませんのよ……。育世さんてね、どこかしら、こずえさんを彷彿《ほうふつ》させるような方でしてね。姿形《すがたかたち》が似ているというのではなく、声とか仕種《しぐさ》といったものがそれはよく似ていますの……。ですから、わたくし、後添いを貰うことに迷っておられた源次郎さんに言いましたの。きっと、こずえさんが源次郎さんに育世さんを引き合わせて下さったのですよと……」

「へえェ、そんなことがあったのかよ……。じゃ、おめえは後添いが赤児《やや》を産むことを、こずえが我がことのように悦んでるというんだな?」

「ええ、きっとそうですわよ。いえ、そうに決まっています!」

おりきがそう言うと、達吉が指折り数える。

「沼田屋《ぬまたや》の旦那が育世さんが身籠《みご》もったと伝えに来たのが去年の十月で、そのとき、確か三月《みつき》と言ってたんで、するてェと、えっ、もうそろそろ生まれてもいい頃……。

ねっ、女将さん、そうでやすよね？」

「そうでしたわ！　では、もうすぐ朗報《ろうほう》が届くということですね。まっ、愉しみですこと！」

おりきはそう言うと、亀蔵に目を戻した。

「こずえさんの場合から考えても、十一さんにもう少し体力がつけば、通常の暮らしをさせてあげるほうがよいのではないでしょうか……」

「通常の暮らしって……。てんごうを！　十一をつばくろ店に戻せるわけがねえ……。まっ、戻したところで、おくらがまたいつ倒れるか判らねえ十一を引き取るわけがねえんだがよ」

亀蔵が気を苛ったように言う。

「やはり、そうですよね。何かよい方法はないものかしら？」

「今、気づいたんだが、十一って、十一番目の子って意味じゃなく、鳥の十一のことじゃねえか？　だって、あれって他の鳥に自分の子を育てさせるんでやしょ？　おくらの奴、産むだけ産んで乳飲み子を押しつけた女ごに当てつけるつもりで、十一とつけたんじゃなかろうか……」

達吉が目から鱗《うろこ》が落ちたといった顔をする。

「おー、そういや、近所の女ごも、そのようなことを話していたな」

「鳥の十一って、ああ、慈悲心鳥のことですね」

おりきも納得したとばかりに頷く。

「けど、なんで慈悲心鳥っていうんだろう……。十一って鳥の名は、鳴き声がジュウイッチ、ジュウイッチ、と聞こえるからだというが、じゃ、なんで十一のことを慈悲心鳥というのか……」

達吉が首を傾げる。

「そりゃ、人によってはあの鳴き声が、ジヒシーン、と聞こえるんだろう……。おっ、おりきさんはどう思う？」

亀蔵に瞠められ、おりきが暫《しば》し考える。

「親分が言われるように、人によってそう聞こえるのかもしれませんが、わたくしは親鳥が他の鳥の巣に卵を産みつける際、どうか我が子を育ててやって下さい、慈悲の心を下さいませ、と願うからではないかと思います。木葉木菟《このはずく》のことを声の仏法僧《ぶっぽうそう》と呼ぶのと同じように、仏教的な解釈なのではないかと……」

「成程、言えてらァ！　俺は女将さんが言うほうが当たってるような気がするぜ……。けど、それにしても、十一って名はいかに言っても可哀相《かえいそう》だな。まるで、おめえは捨てられた子だと言われているようじゃねえか」

　達吉が深々と肩息を吐く。

「十一さんの余命《よめい》があとどのくらいか……。せめて、生きている間に、一つでも愉しい思い出を作らせてあげたいですわね。わたくしにも何か出来ることがないか考えてみますね」

　が、そうは言ってみたものの、此度《こたび》ばかりは何も思いつかない。

　金で解決できることならまだしも、人の生命《いのち》や心だけは金ではどうにもならず、それが解っているだけに胸が張り裂《さ》けそうになるのだった。


　それから三廻《みまわ》り（三週間）……。

　前日（五月二十八日）は大川《おおかわ》の川開きがあり、もうすっかり夏到来《とうらい》である。

　おさわはこの日、鉄平に鯉《こい》を仕入れてきてもらい、鯉濃《こいこく》を作った。

「鯉濃といえば、こうめがお初を産んだときによく作ったよな。そのお初が現在《いま》では三歳か……。ときが経つのは早《はえ》ェもんだ！」

鉄平が感慨《かんがい》深そうに当時を振り返る。

「鶏《とり》料理だけでは飽《あ》きると思ってさ……。そしたら昨日、突然、あたしも鯉濃のことを思い出してね……。産後に良いということは、きっと体力をつけなきゃならない十一にも良いのじゃないかと思ってさ」

「おばちゃん、偉いよ。そうして毎日、飽きがこねえように献立《こんだて》を考えてさ……。で、少しは食べてくれるようになったのか？」

「ああ、食べてくれてるよ。素庵さまもこの分なら、そろそろ外の空気を吸わせてもよいだろうと……。それでさ、ちょいと二人に話があるんだが、いいかえ？」

おさわが鉄平とこうめに目まじする。

「話って……」

「ああ、いいよ。今は手が空いてるんでなんでも言ってくんな」

おさわは深呼吸すると、改まったように二人を見た。

「実はね、先日、立場《たてば》茶屋《ぢゃや》おりきの女将さんが診療所に見舞いに来て下さってね……。素庵さまに十一の容態を訊ねた後、あたしにこう言われたんだよ……。かなり快方《かいほう》に向かっているように見えても、恢復したわけではない……、いつまた、寝たきりの状態になるかもしれないし、一気に最悪の状態になることも考えられるので、幾分《いくぶん》状態のよいときには通常の暮らしをさせてやり、他人《ひと》に触れさせたほうがよいのではないかと……。つまりさ、もう先があまり永くないのだから、一つでも愉しい思い出を作らせてやれってことでさ……。それは、あたしも思ってたんだ……。あの子、これまで辛い想いしかしてこなかったし、愉しいことなんて何一つなかったからね。このまま愉しい想いをすることなく果てていくのかと思ったら、なんだか切《せつ》なくて……。それでさ、あの子をここに引き取ってはどうかと思ってさ……。勿論、皆に迷惑をかけるつもりはないんだ！　ここではあたしの部屋で一緒に寝かせるつもりだし、具合のよいときには野菜を洗ったり皮を剝かせたりと下働きをさせるからさ……。疲れたら休ませればいいんだし、皆と一緒に食事をすると、少しはあの子の気が紛《まぎ》れるのじゃないかと思ってね……。それに、あの子がここに来れば、あたしが半日見世を空けることはなくなるんだし、皆にとってもあの子にとっても、そのほうがよいのじゃないかと思ってさ……。駄目だろうか？」

　おさわが哀願《あいがん》するような目で二人を見る。

「駄目じゃないよ。ねっ、おまえさん？」

「ああ、俺もそのほうがいいと思う。きっと、義兄《にい》さんも異存《いぞん》はねえはずだ」

「ああ、二人がそう言ってくれて胸の閊《つか》えが下りたよ……。最初《はじめ》はさ、八文屋の近くに裏店を借りて、そこに十一を住まわせようかと思ってたんだ。近いと何かと都合がいいからね。けど、それだと、やっぱし、あたしが見世を空けることになる……。しかも、診療所にいるのと大して違わないから、女将さんが言われるような思い出なんて作れやしない……。それで、いっその腐れ、十一をあたしたちと一緒に暮らさせてはどうかと思ったんだよ。だから、二人が快《こころよ》い返事をしてくれて、本当に嬉しいんだ……」

おさわが安堵《あんど》したように胸に手をやる。

「けどさ、また以前みたいに十一さんが起き上がることも出来なくなったらどうすんのさ」

こうめが気遣《きづか》わしそうにおさわを見る。

「そのときは、すぐに診療所に運び込むさ。あたしはさァ、ほんの少しでもあの子に常並《つねなみ》な暮らしをさせてやりたくてさ……。ほら、ここにいれば、山留《やまどめ》(閉店)の後にみずきちゃんやお初ちゃんと一緒に花火をすることも出来るし、西瓜《すいか》の種の飛ばしっこも出来る……。そんなたわいのないことでも、あの子の思い出になればと思ってさ……」

「…………」

「………」

鉄平もこうめも言葉を失い、何も言えなくなった。

「有難うよ！　二人がよい返事をしてくれて、おばちゃん、嬉しいよ！」

「それで、いつ連れて帰るの？」

「今日、これから素庵さまにその旨を伝え、許しが出れば明日にでもと思ってるんだけどさ……」

「明日か……。じゃ、明日は昼の書き入れ時を終えたら、山留としようぜ！　俺も一緒に迎えに行くよ。ほら、大八車《だいはちぐるま》があれば荷物を運びやすいし、十一が歩くのに疲れたら乗せてやればいいんだからさ」

鉄平がそう言うと、こうめが手を叩《たた》く。

「いいねえ！　じゃ、明日は義兄《にい》さんにも早めに戻って来てもらい、十一さんの歓迎の宴《うたげ》をしようじゃないか」

「じゃ、腕に縒《よ》りをかけて馳走《ちそう》を作らなくっちゃな……」

「さあ、これで決まった！　じゃ、あたしは診療所に出掛けて来るからね」

「ああ、行っといで！」

「おばちゃん、十一に伝えてくんな！　俺たちが心待ちにしてるからって……」

「あいよ！」

おさわは声を返すと、鯉濃の鍋を包んだ風呂敷包《ふろしきづつ》みと、重箱《じゅうばこ》を包んだ風呂敷包みを両手にぶら下げ、八文屋の水口を出た。

重箱の中には焼き鮎《あゆ》や南瓜《かぼちゃ》と茄子《なす》の揚《あ》げ煮浸《にびた》し、利休卵《りきゅうたまご》を詰めている。

利休卵は煎《い》った白胡麻《しろごま》を擂鉢《すりばち》でねっとりするまで擂《す》り、卵二個を割りほぐして胡麻に混ぜ入れ、酒、醬油を加えて鉢に移して蒸《む》し上げたもので、香りが良く濃厚《のうこう》な風味《ふうみ》合《あい》で、滋養に富《と》む。

胡麻を使った料理に利休という名が多いのは、千利休《せんのりきゅう》が胡麻を好んで食べたからではなく、巳之吉《みのきち》から聞いた話では、利休が信楽焼《しがらきやき》や伊賀焼《いがやき》の器《うつわ》を好み、その焼物の肌や景色が胡麻を想起《そうき》させるからだという。

胡麻をねっとりさせるまで擂るのは手間がかかるが、これも十一のためだと思うと、おさわは一向《いっこう》に手間だと思わない。

十一の世話を始めて、ほぼ一月《ひとつき》……。

この頃うち、おさわは十一のことを陸郎が若くなって戻って来てくれたかのような錯覚《さっかく》を覚えることがある。

いずれ、十一も自分の許を去って行く。

けど、いいんだ。陸郎のときと違って、今度はあたしがちゃんと看取ってやることが出来るんだもの……。

正な話、現在《いま》のおさわは充足感《じゅうそくかん》で満たされているのだった。

やがて訪れる別れの秋《とき》……。

それが解っているからこそ、現在《いま》を大切にしたいのである。

十一はおさわから八文屋で一緒に暮らそうと言われ、狐《きつね》につままれたような顔をした。

「おいらがおばちゃんちに……。けど、迷惑になるんじゃ……」

「迷惑どころか、大歓迎だよ！　鉄平もこうめもおまえが来てくれると嬉しいってさ」

「けど、あそこには親分もいるんだろ？」

「ああ、いるよ……。親分もおまえの身の振り方を気にしていたから、うちで一緒に暮らすと聞けば、きっと悦ぶと思うんだ！　それにね、おまえはまだ逢ったことがないけど、みずきって娘《こ》がいてね。鉄平とこうめの娘でお初の姉さんなんだが、今年十歳になるんだけど、これがオシャマでね！　昼間はあすなろ園ってところに通って留守だけど、夕方になれば戻って来る……。みずきとお喋《しゃべ》りするだけで、くさくさした気分が一掃《いっそう》されるってもんだ……。素庵さまもね、決して無理は出来ないが、そろそろ普段の暮らしに戻っていいと言われたんだよ。ねっ、そうですよね？」

おさわが素庵を振り返る。

「ああ、日常の暮らしに戻ってもよい……。但し、担い売りのようなきつい仕事をしてはならないぞ！　おさわたちを助け、野菜や器を洗ったりするのは構わない。それから、しっかり食って体力をつけることと、薬を飲むのを忘れないこと……。身体が怠いと思ったら、すぐに横になって休むのだ。それさえ守れば、八文屋に戻ってよいぞ」

素庵が嚙んで含めるように言う。

「ほらごらん！　素庵さまもああ言って下さるんだ。それでね、明日の午後、改めて迎えに来るからさ。鉄平が大八車を仕度してくれるんで、疲れたらそれに乗ればいいさ。おや、どうしちまった……」

小鼻をひくひくと顫《ふる》わせ今にも泣き出しそうな十一を見て、おさわが挙措を失う。

「おいら、嬉しくって……」

「莫迦だね、泣くことはないじゃないか……」

「だって、おいらのことを待っていてくれる者がいると思うと……。これまではいつも邪魔者扱いされ、穀潰《ごくつぶ》しだの木偶《でく》の坊と罵《ののし》られてたおいらを……。それで、おいら……、おいら……」

あとはもう言葉にならなかった。

おさわが十一の身体をぐいと引き寄せ、抱き締める。

「もう大丈夫だ！　おまえはあたしの大切な息子……。おばちゃんね、死んだ息子がおまえに姿を変えて戻って来てくれたように思ってるんだよ。有難うよ！　あたしにもう一度おっかさんをやらせてくれて……」

「おっかさん？　おばちゃんのことをおっかさんと呼んでもいいの？」

十一がおさわの腕の中で呟く。

「ああ、いいともさ！」

「おいら、一度でいいから、おっかさんって言葉を口にしたかったんだ……」

「おくらさんにはそう呼ばせてもらえなかったんだね？」

「一度だけ、俊ちゃんにつられて、おっかさん、と呼んだことがあるんだけど、あたしはおまえのおっかさんじゃない！　と怒鳴られて……。それからは一度も、おっかさんって言葉を口にしたことがないんだ」

十一がそう言うと、素庵が呆れ返った顔をする。

「なんと、おくらという女ごは相当な玉とみえるな……」

「ホント、なんていけ好かない女ごなんだよ！　十一、安心しな。これからはあたしがおまえのおっかさんだ。甘えたいだけ甘えていいんだよ。さあ、呼んでごらん、おっかさんて……」

「おっかさん！　おっかさん、あァん、あァん、あァん……」

十一が激しく肩を顫わせる。

その光景を見て素庵は微苦笑《びくしょう》し、どれ、お邪魔虫《じゃまむし》は退散するとしようか……、と病室を出て行った。

おさわの頰を止め処《ど》もなく涙が伝う。

あとどのくらい十一と母子《おやこ》ごっこが出来るかどうか判らないが、これからは、一日一日を大切にし、十一を筒一杯慈《いつく》しんでやろう……。

それが自分に与えられた使命……。

そう思うと、再びカッと熱いものが衝き上げてきて、おさわは十一を抱く腕にぐいと力を込めた。

幸せのかたち

今日は六月十日、牛頭天王祭《ごずてんのうさい》の四日目である。

牛頭天王祭は六月七日の神輿《みこし》の宮出しから始まり十九日の宮入りで終わる十三日間の祭で、これが南の貴布禰社《きふねしや》と北の北品川稲荷社《きたしながわいなりしや》が同時に行うのであるから、大層賑々《にぎにぎ》しい祭といってもよいだろう。

殊《こと》に、南の天王祭は神輿が南本宿《みなみほんしゆく》、門前町《もんぜんちよう》の町並を渡御《とぎよ》すると、海晏寺《かいあんじ》門前から海に担《かつ》ぎ込まれ海中渡御して猟師町《りようしまち》に上陸し御仮屋《おかりや》に入るため、別称、河童祭《かつぱまつり》と呼ばれている。

そのため、連日、南北両本宿は祭の見物客でごった返す。

十三日間もあるのだから、四日目辺りは少しは客足が落ちてもよかろうものを、天《てん》骨《こち》もない！

二六時中《にろくじちゆう》、立場茶屋《たてばぢやや》おりきの大広間は応接に暇《いとま》がないほど怱忙《そうぼう》を極《きわ》めている。

「六番飯台《はんだい》、穴子釜飯《あなごかまめし》二丁、お銚子《ちようし》二本！」

「三番飯台、山菜《さんさい》釜飯一丁、天麩羅《てんぷら》盛り合わせ一丁、鯛兜煮《たいかぶとに》一丁！」

「八番飯台、刺身盛り三丁、浅蜊酒蒸し三丁、お銚子三本！」

茶立女《ちゃたておんな》たちが次々と板場に注文を通す。

「小春《こはる》、待ちな！　おまえ、それをどこに運ぼうっていうのよ」

およね亡き後、現在《いま》では茶屋の女中頭的な存在となったおくめが、盆に刺身を載《の》せようとした小春に鋭い視線を投げかける。

「五番飯台ですけど……」

小春が怯《ひる》んだようにおくめを見る。

「違うだろ！　それはおまえより先に百世《ももよ》さんが注文を通した二番飯台の刺身だ。駄目じゃないか！　誰がいつ、どんな注文を通したかちゃんと聞いてなきゃ……」

小春は幼児のように唇を窄《つぼ》めた。

百世が慌てて割って入る。

「申し訳ありません。わたくしがぼんやりしていたもので……。小春さんを叱《しか》らないで下さいませ」

百世はそう言うと、小春に目まじし、刺身皿を二番飯台へと運んで行った。

「ほい、刺身盛りが上がったぜ！」

板場から声がかかる。

「ほら、何してるんだえ！　今のが五番飯台の刺身じゃないか」

おくめに言われ、小春が慌てて配膳口《はいぜんぐち》に寄って行く。

すると、空《あ》いた皿小鉢《さらこばち》を下げてきたおなみが、ひょいと肩を竦《すく》める。

「おくめさん、そう、やいのやいの言ったんじゃ、小春が怖《お》じ気づいちまうじゃないか……。忙しくて気が苛《いら》ってるのは解《わか》るが、もっと優《やさ》しく言ってやらなきゃ……」

「だってさァ、いい加減《かげん》には堪忍袋《かんにんぶくろ》の緒《お》が切れるってもんでさ！　小春ったら、朝からボケッとして、他人《ひと》が言うことを聞いちゃいないんだから……。あの娘《こ》、お真砂《まさ》より歳《とし》も上だし、茶立女になったのも半年は早いんだよ？　見てごらんよ。お真砂なんてあたしが何も言わなくても、ああしてきびきび動いてるじゃないか……」

おくめが不服そうな顔をして、おなみを見る。

「まっ、そりゃそうなんだけどさ……。およねさんだったら、もっと上手《うま》く女衆《おなごし》を操《あやつ》ると思ってさ！」

おなみがさらりとした口調《くちょう》で、厭味《いやみ》を言う。

おくめの顔が強張《こわば》った。

痛いところを突かれたと思ったのであろう。

「さあさ、忙し、忙し……」

おなみはしてやったりといった顔をすると、配膳口に皿小鉢を運んで行った。

およねが亡くなって二年と少し……。

それまで茶屋の女衆を束《たば》ねていたおよねを失い、おりきは誰を後釜《あとがま》に据《す》えるか頭を抱《かか》えた。

およねの次に古株《ふるかぶ》といえばおなみなのだが、歳からいえばおくめのほうが上……。

しかも、おくめは先代おりきの頃から茶立女として働き、一度は嫁に行ったが七年半ほど前に離縁されて戻って来て、以来、ずっとおよねの右腕として働いてきたのである。

それで、ここはおくめに委《ゆだ》ねるほうがよいのではないかと思っていたところ、おりきが口を挟《はさ》むまでもなく、どうやらおなみも立場を弁《わきま》えていたようで、暗黙のうちにおくめに長《おさ》の座を譲《ゆず》ったらしい。

とは言え、胸の内ではおなみも納得しかねているのであろう。

日頃は揉《も》め事もなく円満に運んでいるようなのだが、先《さい》つ頃《ごろ》の猫の手も借りたいほどの忙しさに、つい、本音《ほんね》がぽろりと出てしまったとみえる。

おなみはおくめに忙しくて気が苛っているのは解るが……、と言ったが、気が苛っているのはおなみも同様……。

が、そこは甲羅《こうら》を経《へ》たおくめのこと、おなみの挑発《ちょうはつ》に乗ろうとはせず、手を挙《あ》げた四番飯台の客に注文を取りに行った。

その様子を帳場台の上から眺《なが》めていた茶屋番頭の甚助《じんすけ》が、ふうと太息《ふといき》を吐《つ》き、仲人嬶《なこうどかか》のおつやに目をやる。

「なっ、見ての通り、茶屋は盆と正月が一遍《いっぺん》に来たみてェに汲々《きゅうきゅう》としている……。現在《いま》、おなみに顔を貸せと言われても……」

甚助がわざとらしく眉根《まゆね》を寄せる。

「そのようだね。じゃ、旅籠《はたご》に顔を出してみよう。いるんだろ？　女将《おかみ》さん」

「ああ、それがいい……。どうせ、おめえさんの用といえば、嫁入り話だろうからよ。直接本人に話すより、女将さんに話すのが先決だ」

「そりゃ解ってるんだけど、此度《こたび》ばかりは、ちょいと確かめておかなきゃならないことがあってさ……」

「確かめてェこと？　一体《いってえ》それは……」

「いや、いいよ。ほれ、客がお勘定《かんじょう》してくれってさ！」

おつやは財布を手に帳場にやってくる客に目をやると、忙しいところを悪かったね、と片手を挙げ、通路から中庭のほうに抜けていった。

甚助は、なんでェ、ありゃ……、と舌打ちすると、客に愛想のよい笑顔を返した。

「やあ、美味《うま》かったぜ！　ここの釜飯は絶品だと川崎宿《かわさきしゅく》まで轟《とどろ》いていたが、評判通りで満足したぜ」

「さいですか……。ご満足していただけて、あたしどもでも安堵《あんど》いたしやした。へっ、では釜飯に浅蜊の酒蒸し、刺身盛り、お銚子で、締《し》めて一朱……」

「また品川宿《しながわしゅく》を通ることがあったら、きっと寄らせてもらうからよ」

「毎度、有難《ありがと》うごぜェやす」

甚助が客の背に声をかけ、おっと目を瞬《しばたた》く。

たった今、旅籠の番頭潤三《じゅんぞう》が見世《みせ》の前を通ったように思えたのである。

甚助は慌てて帳場台から下りると、入口へと急いだ。

案の定、潤三が旅籠に通じる路地に入ろうとしているではないか……。

「潤《じゅん》さん！」

潤三がぎくりと振り返る。

「ああ、違《ちげ》ェねえ、潤さんだ……。おめえ、今、戻ったのか？」

そう言い、甚助が四囲《しい》に目を配《くば》る。

潤三が戻ったということは、おきちも一緒のはず……。

が、おきちの姿は見当たらない。

「おきちは？　一緒じゃねえのかよ」

潤三が蕗味噌《ふきみそ》を嘗《な》めたような顔をする。

「それが……」

「えっ、まさか、道中で何かあったというんじゃなかろうな？」

「いや、そういうわけじゃ……」

「じゃ、なんで一緒に戻って来ねえんだよ」

潤三が困《こう》じ果てた顔をする。

「いいのかなあ……。女将さんに話す前《めえ》に茶屋番頭さんに話しちゃって……」

「なに、そんなに大変《てえへん》なことなのか！」

「いや、そういうわけじゃねえんだが……。済んません、やっぱ、あっしの口からは話せやせん……」

「…………」

甚助はとほんとした。

「じゃ、あっしはこれで……」

潤三は会釈《えしやく》して通路の奥に消えていった。

甚助が狐につままれたような顔をして、なんでェ、今の態度は……、と呟く。

「番頭さん、何やってるんですよ！　帳場に列が出来てるじゃないですか……。ほら、忙しいんだから、そんなところで油を売ってないで下さいな！」

おなみの甲張《かんば》った声が聞こえてくる。

やれ、おっかねえ……。

甚助は肩を竦めると、茶屋へと戻って行った。

成程《なるほど》、帳場台の前には二組の客が並んでいる。

「相《あい》済みやせんねえ……。へっ、今、勘定を……」

甚助が恐縮したように擦《す》り手をし、帳場台に上がっていく。

「立場茶屋おりきもこれだけ繁盛とあって、御《おん》の字だな！」

客の世辞口《せじぐち》に、甚助が満面《まんめん》に笑《え》みを湛《たた》えて辞儀《じぎ》をする。

「皆さんのお陰でやす。へっ、どうか今後ともご贔屓《ひいき》に……」


旅籠の帳場では、仲人嬶のおつやの長広舌《ちょうこうぜつ》におりきが耳を傾《かたむ》けていた。

「左官の誠吾《せいご》というんだがね。歳は四十二……。厄年《やくどし》なんだろうね、かみさんが三人目の子のお産で死んじまったんだよ……。いえね、赤児《やや》も死産だったんで、従って子は二人しかいないんだが、上の子は十歳で手がかからないんだが、下の子が三歳でやっと乳離《ちばな》れが出来たばかりでさ……。誠《せい》さんが仕事に出ちまうと、子供たちだけになっちまうだろ？　いやね、現在《いま》は同じ裏店《うらだな》の女衆に子供の世話を頼んでるんだけど、これから先もずっとってわけにはいかないじゃないか……。それで一日も早く後添《のちぞ》いを貰《もら》うようにと裏店のかみさん連中がやいのやいのと尻を叩《たた》き、やっと誠さんもその気になったんだよ……。と言うのも、誠さん、死んだ女房に未練たらたらでさ……。心《しん》から惚《ほ》れてたんだろうね。それで言うんだよ。後添いを貰って、死んだ女房に恨《うら》まれちゃいけないんで、貰うとしたら出来るだけ女房より見劣《みおと》りする女《おな》ごがいい、我勢《がせい》者《もの》で子供の世話を厭《いと》わない女ごなら尚《なお》いいんだが、とまあ、こう言うんだよ……。そんな相手を莫迦《ばか》にしたような話はないだろう？　だから、あたしゃ言ってやったんだ。冗談じゃない！　それは後添いを貰うんじゃなくて、お端女《はした》か子守が欲《ほ》しいということじゃないかって……。そしたら、お端女や子守なら給金を払わなくちゃならないが、後添いなら食べさせてやるだけで済む……と。開いた口が塞《ふさ》がらないとは、このことだ！」

まあ……、とおりきも眉根を寄せる。

「それは失礼千万《しつれいせんばん》な話ですこと！」

「だろう？　だから、あたし、言ってやったんだ。あたしを無礼《なめ》てもらっちゃ困るよ！　仲人嬶ならどんな縁談でも纏《まと》めると思ってるんだろうが、憚《はばか》りながら、あたしゃ筋の通らない縁談は扱わないことにしてるんでね、おまえさんが望みどおりにしたいと思うのなら、どこか他を当たっておくれって……。ねっ、女将さんだってそう思うだろう？」

「ええ、わたくしもそう思います」

「そしたらさァ……」

おつやがそう言いかけたとき、玄関側の障子《しょうじ》の外から声がかかった。

「潤三でやす。ただいま戻りやした」

おりきと達吉《たつきち》が顔を見合わせる。

「おっ、やっと帰《けえ》ったか！」

「潤三、お入りなさい」

障子がするりと開き、潤三が日焼けした顔を出す。

「帰《けえ》りが遅くなってしめえ、申し訳ありやせんでした」

潤三が深々と頭を下げる。

「おきちは？　おきちはどこにいるのですか？」

おりきが訝《いぶか》しそうな顔をすると、潤三は上目遣《うわめづか》いにおりきを窺《うかが》った。

「じゃ、まだ吉野屋《よしのや》から文《ふみ》が届いてねえんで？」

「吉野屋だって？　いや、現在《いま》のところは届いてねえが……」

達吉が怪訝《けげん》な顔をしておりきを見る。

「何ゆえ、吉野屋が文を……。えっ、では、おきちは吉野屋にいるというのですか？」

おりきがそう言うと、達吉が気を苛ったようにたたみかける。

「一体《いってえ》、どういうことなのよ！　三吉《さんきち》の祝言《しゅうげん》が終わった後、おきちが京見物をしたいというんで、四、五日帰《けえ》りが遅くなる、本来は自分だけでも早く戻らなきゃならないのだが、そうすると、おきちに一人旅をさせることになるので自分も付き合うことにするが、必ず、五月末には戻るので許してほしい、とおめえが文をくれ、俺たちゃ、てっきり月末《つきずえ》には戻って来ると思ってたんだ……。それなのに、それっきり文も途絶《とだ》えちまって……。おめえ、今日が何日か解ってるんだろうな？」

潤三が申し訳なさそうに、うんうん、と頷《うなず》く。

「解ってやす……。あっしも気が気じゃなかったんで……。牛頭天王祭が始まったら、品川宿がどれだけ賑わうか知っているもんで、なんとか始まるまでには戻って来たかったんだが、おきちさんが腰を上げようとしねえもんだから……。けど、あっしだって、もう待ってはいられねえ！　それで、吉野屋の旦那におきちさんに意見してくれと頼んだところ、自分がおきちさんを送って行くので、おまえさんは先に戻っていろ、と旦那が……」

おりきは達吉と顔を見合わせた。

どうやら何か事情がありそうである。

だが、おつやが傍《そば》にいたのでは、詳《くわ》しく話せと潤三を質《ただ》すわけにもいかない。

「解りました。潤三、長旅でさぞや疲れていることでしょう。話はまた後から聞くことにして、先に二階家に戻って荷を下ろし寛《くつろ》いでいなさい。あっ、お腹は空《す》いていませんか？　中食《ちゅうじき》がまだのようでしたら、榛名《はるな》に何か作らせますが……」

「いや、済ませやしたんで……。じゃ、あっしは下がらせてもれェやす」

潤三が辞儀をして下がって行く。

潤三の姿が見えなくなると、おつやが興味津々《きょうみしんしん》とばかりに身を乗り出す。

「おきちさんと番頭さんが京に行ったって……、じゃ、三吉さんが祝言を？　まあ、それは目出度《めでた》い話じゃないですか！　それで、お相手は？　どなたと所帯を持たれたんで？」

「ええ、まっ……」

「おつやさん、三吉のことはいいから、さっきの続きを話しなよ」

おつやは決まり悪そうな顔をした。

「そうでした、そうでした……。あら嫌《いや》だ！　話の腰を折られちまったもんだから、どこまで話したのか忘れちまったじゃないか……」

「おまえさんが誠吾という男に他を当たってくれと言ったところまでだよ」

達吉がそう言うと、おつやはポンと膝《ひざ》を叩いた。

「そうだった！　それがさァ、あたしが肝《きも》が煎《い》れたみたいに言ったもんだから、誠さんが慌ててさ。だったら、幼馴染《おさななじみ》のおなみという女ごを当たってみてくれないかと言うじゃないか……。同じ裏店に住んでいたのだが、十六のときに奉公に出され、それっきり逢《あ》っていないが、おなみの奴、俺にほの字だったんで、あの女ごが未《いま》だに独《ひと》り身だとすれば、悦《よろこ》んで後添いに来てくれるだろうから……、とそう言うんだよ……。おなみと聞いて、あたしゃ、咄嗟《とっさ》にここで茶立女をしているおなみさんの顔を思い出してさ！　それで、どんな女ごでどこに奉公に上がったのかと訊《たず》ねてみたところ、見世の名前までは判《わか》らないが、確か、品川宿の立場茶屋だったような気がする、面差《おもざ》しはといえば、まっ、片惚れされても俺がその気になれなかったといえば、どんなご面相《そう》か解るだろうに……、と曖昧《あいまい》に言葉を濁《にご》すじゃないか……。あたしゃ、ますます、その女ごは立場茶屋おりきのおなみさんじゃなかろうかと思えてきてさ……。言っちゃなんだが、あの女《ひと》、決して美印（美人）とはいえないだろう？」

おつやは遠回しに、おなみのことをお徳女《とくじょ》（醜女《しこめ》）と言っているのである。

確かに、おなみは決して美印とは言えない。

常並《つねなみ》な顔、凡々《ぼんぼん》とした顔と言えればまだよいのだが、おなみはどちらかといえば、勝栗《かちぐり》が嚔《くしゃみ》したようなお徳女なのである。

そのため、現在《いま》では茶立女の中では一番の古株となり、このおつやでさえ、おなみには一度も縁談を持ってこようとしなかったのである。

だが、誠吾の言う女ごがおなみだとして、おりきには誠吾の真意がどうにも計《はか》りかねた。

「おつやさん、わたくしには誠吾という男《ひと》の気持が計りかねるのですが、嘗《かつ》て想《おも》いを寄せられてもその気にならなかった女ごを、何ゆえ、現在《いま》になって後添いにと思うのでしょうか……」

おつやは苦虫《にがむし》を嚙《か》み潰《つぶ》したような顔をした。

「だから、言いましたでしょう？　誠さんの心は未だに死んだ女房にあるんですよ……。出来るものなら死んだ女房に操《みさお》を立て、後添いなんて貰いたくはない。ところが、現実はそうはいかず、子供たちのためにやむなく後添いを貰わなきゃならなくなった……。そこで、後添いを貰っても心まではその女ごに移さないつもりで、極力《きょくりょく》、お徳女をと思ったんだろうが、あたしに鳴り立てられたもんだから、突然おなみさんのことを思い出したってわけでさ……。他の女ごには失礼に当たることでも、嘗て自分に惚れてくれたおなみさんなら悦んで来てくれるのじゃなかろうか、あのご面相なら、きっと嫁の貰い手がなく未だに独り身だろうから……、とそう思ったに違いないんだ！」

「なんて男なんだえ！」

達吉が苦々《にがにが》しそうな顔をする。

おりきもつと顔を曇《くも》らせた。

すると、おつやが挙措《きよそ》を失う。

「ごめんなさいよ。さぞや、お二人とも業腹《ごうはら》なことでしょう……。あたしもこんな話は持って来たくなかったんですよ。けど、誠さんが言う女ごがここのおなみさんかどうか確かめるだけでもと思って……。それにさ、そんな話があるということだけでも、おなみさんに伝えてやるべきじゃないかと思って……。そりゃ、断るでしょうよ……。けど、考えようによっては、これまで一度も縁談がなかったあの女《ひと》に、一つでも縁談があったと知れば、女ごとしては嬉《うれ》しいものじゃないですか！　生涯に一度も縁談がなかったというより、一度はあったが断ったというほうが良いのじゃないかと思って……。違いますか？」

おつやがおりきを瞠《みつ》める。

確かに、おつやの言い分にも一理《いちり》あろう。

おりきは暫《しば》し考え、

「解りました。けれども、まずはおなみに誠吾という男《ひと》を知っているかどうか訊ねてみることにします。知らないといえばこの話はそれで終《しま》いですが、仮に知っていると答えれば、こんな話があるとありのままを話し、それでも、おなみに後添いに入る気があるかどうか確かめてみましょう……」

と言った。

「じゃ、それは女将さんに委《まか》せてもいいでしょうか？　一廻り《ひとまわ》（一週間）ほどしたら、また訪ねて来ますんで……。まあね、誠さんの言う女ごがあのおなみさんだったとしても、断るに決まってますがね」

おつやがそう言うと、達吉も大仰《おおぎよう》に頷く。

「いかにおなみが縁遠《えんどお》い女ごで、しかも、嘗ては惚れてたといってもよ、瘤《こぶ》つきのうえに未だに死んだ女房のことが忘れられねえ男の許《もと》に誰が行きたがろうかよ！　それより、茶屋で古株として威張《いば》り腐《くさ》っていたほうがいいに決まってらァ……。およね亡き後、おなみは現在《いま》が我が世の春なんだからよ！」

おりきは複雑な想いに戸惑《とまど》っていた。

確かに、達吉の言うとおりなのであるが、おくめとの関係やおまきのことを思うと、ことは簡単には収まらないのでは……、と思えたのである。

現在《いま》はなんとかおくめと折り合いをつけているが、いつ何が契機《きつかけ》で、揉め事が起きるか判らない。

そして、おまき……。

おまきは四人の子持ちと解っていて、しかも、長女のお京《きよう》が鼻持ちならない癇《かん》の強い娘《こ》と知っていて、位牌師《いはいし》春次《はるじ》の後添いになることを選んだのである。

が、これぱかりは、おなみの胸先三寸《むなさきさんずん》……。

おなみの胸の内は、誰にも計り知れないことなのである。

「じゃ、あたしはこれで……。あんまし長居《ながい》をしちゃ悪いんで、失礼させてもらいます。そうそう、そろそろおみのさんにも良い話を持ってこなくちゃね！　目の上の瘤だった兄さんがいなくなったんだもの、これであの女《ひと》も大手を振って嫁に行けるってもんだ……。待ってて下さいよ！　選《よ》りすぐりの縁談を持ってきますからね」

おつやはそう言い、帳場から出て行った。

達吉が唖然《あぜん》としたようにおりきを見る。

「おみのの縁談って……。えっ、おみの、嫁に行く気になったんで？」

おりきは苦笑《くしょう》した。

「さあ……。おつやさんが勝手にそう思い込んでいるのでしょう。けれども、おみのにその気があるようならば、考えてやらなければなりませんね。それより、おきちのことです。一体、京で何があったのでしょう……」

「潤三を呼んで来やしょうか？」

「いえ、長旅で疲れているでしょうから、もう暫《しばら》く休ませてやりましょう。話す気になれば、潤三のほうからやって来るでしょうからね」

「さいですね」

おりきと達吉は顔を見合わせ、まるで示し合わせたかのように肩息《かたいき》を吐いた。

結句、その後は巳之吉《みのきち》と夕餉膳《ゆうげぜん》の打ち合わせをしたり、泊《と》まり客の出迎え、客室の挨拶廻《あいさつまわ》りと続き、潤三から話を聞くのは夜食の後となった。

潤三はまずは祝言がいかに盛大であったかを話して聞かせた。

「瓢亭《ひょうてい》の佇《たたず》まいがそれはそれは趣《おもむき》がありやしてね……。木立《こだち》の中に佇んでいるようで、御殿山下《ごてんやました》にある田端屋《たばたや》の茶室、有無庵《うむあん》を連想しやした……。さすがは京でやすよね。どちらを向いても風雅《ふうが》で、まるで時が止まったかのように思えて……。それに瓢亭の料理がまた乙粋《おついき》で、季節柄、鱧《はも》がふんだんに使ってありやしたが、あっしは盛りつけや器《うつわ》の選び方を見て、あっ、板頭《いたがしら》は京でこの技《わざ》を身につけたのだなと気づきやした。けど、料理の風味《ふうみ》合《あい》、盛りつけ、と何ひとつ取っても、うちの板頭のほうが上手《うわて》でやす！　京に長く住んでいる加賀山竹米《かがやまちくべい》さまや吉野屋幸三《こうぞう》さんもそう言われるほどでやすから、間《ま》違《ちげ》ェありやせん！」

潤三の言葉を聞き、達吉が頬《ほお》を弛《ゆる》める。

「そャそうさ！　巳之《みの》さんは京の都々井《つつい》で京料理のいろはを学び、そこに留《とど》まることなく自分なりの工夫《くふう》を加えたんだからよ……。だが、潤三がそう言っていたと聞けば、巳之さんも悦ぶだろうて……」

「それで、三吉はどんな様子でしたか？」

「まるで見違《みちげ》ェてしめえやした……。紋付羽織《もんつきばおり》に袴《はかま》を着《つ》けた三米《さんべい》さまの凜々《りり》しいこと！　それに、琴音《ことね》さんが実に雅《みやび》な女《ひと》で、ああいうのを京美人というんでしょうね。二人とも互いを信頼しきっているようで、それはそれは幸せそうでやした……。その二人に刺激されたってわけでもねえんだろうが、おきちさんが頻《しき》りに三米さまを羨《うらや》ましがって……。そればかりか、京のことをもっと知りたい、すぐには品川宿に戻りたくないと駄々《だだ》を捏《こ》ねるもんだから、竹米さまが困じ果てて……。そうしたら、幸三さんが救いの手を差し伸べてくれ、では、自分があちこち連れ廻《まわ》ってやろうと……」

まあ……、とおりきが息を呑《の》む。

吉野屋幸三が立場茶屋おりきに来たときのことを思い出したのである。

吉野屋幸右衛門《こうえもん》が亡くなり、家督《かとく》を継《つ》いだ幸三が江戸の取引先への挨拶廻りに三吉を道先案内として初めて立場茶屋おりきを訪ねて来たのが、去年の七月のこと……。

あの折、三吉とは双子《ふたご》の妹おきちを見て、幸三はおきちのことを想像していた以上に見目麗《みめうるわ》しい、立場茶屋おりきに来る愉《たの》しみが増えたと言っていたのである。

しかも、義父《ちち》（幸右衛門）が女将さんにぞっこんだったように、今度は自分がおきちにぞっこんとなるかもしれないとまで……。

その言葉を聞き、おきちは耳まで紅《あか》くした。

おりきの目に給仕をするおきちが緊張しているように見えたのは、恐らく、おきちが幸三のはんなりした雅な雰囲気に呑まれていたからに違いない。

そして、再び幸三が立場茶屋おりきに来たのが、江戸からの帰路のとき……。

そのときは三吉が一緒ではなかったのだが、なんと、おきち自《みずか》らが幸三の接客を買って出たというのである。

しかも、当初、三吉が祝言を挙げることに不満の色を見せていたおきちが、祝言に吉野屋幸三も参列すると聞き、掌《てのひら》を返したように、吉野屋の旦那が出るのなら自分も悦んで京に行く、と言ったのである。

そのことから考えるに、もしかすると、おきちの関心は京にあるというより幸三に……。

そして幸三はといえば、おきちの想いを察していて、それで京見物をさせてやろうと申し出たのかもしれない。

「けれども、幸三さんは今や吉野屋の主人《あるじ》です。主人が見世を放り出し、小娘を連れて京見物をしてはいられないのでは……」

おりきがそう言うと、潤三が、いえ、と首を振る。

「寧《むし》ろ、逆でやして……。幸三さんはこれまで大番頭の下に就《つ》き、番頭見習のようなことをしていらっしゃったので勝手なことは出来なかったが、今や、主人《あるじ》でやすからね……。見世のことは大番頭に委せ、幸三さんはやりたいように出来るってもんで……。そのことは、ご本人がはっきりおっしゃってやした。これまでは養嗣子《ようしし》という立場で義父《ちち》に頭が上がらず、京に住んでいても殆《ほと》ど出歩くことがなかったので、おきちさんに京見物をさせるという名目《めいもく》をつけて物見遊山《ものみゆさん》が出来る、こちらが礼を言いたいくらいだと……。あっしも最初《はじめ》のうちは一緒について廻ってたんでやすが、今頃、旅籠じゃ皆が忙しそうに立ち働いているんだろうなと思うと、次第《しでえ》に後《うし》ろめてェ想いに囚《とら》われるようになり、二人が京見物に出掛けても、あっしは加賀山さまのお宅で待つようになりやしてね……。あっしは何度もそろそろお暇して江戸に戻ろうと言いやした……。ところが、おきちさんは戻ったら最後、二度と京には来られないだろうし、再び、女将修業をするのかと思ったら気が進まないと……」

「帰《けえ》りたくねえだと？」

達吉がじろりと潤三を睨《にら》む。

「ええ、はっきりとそう言いやした」

「帰《けえ》りたくねえといっても、じゃ、どうするってェのよ……。三吉が竹米さまのところに身を寄せているというのならまだしも、三吉は琴音さんと所帯を持ち、伏見《ふしみ》の別荘に行っちまったんだからよ！」

「ええ、そうなんでやすがね。それで、あっしも仕方なく京に留まってやしたが、牛頭天王祭が近づくにつれ、居ても立ってもいられなくなって……。それで、何がなんでもおきちさんを連れ帰《けえ》ろうとしたら、幸三さんがおきちさんは自分が預かるんで、おまえさんは先に戻ってよいと……」

「では、現在《いま》、おきちは吉野屋に寄寓《きぐう》しているというのですか！」

おりきが珍しく甲張った声を出す。

「ええ、竹米さまのところには女手《おんなで》がねえもんで……。いや、勝手仕事をする婆《ばあ》さんがいることはいるんでやすが、吉野屋にはお端女が何人もいて何かと行き届きやすからね……。それで、幸三さんが客分《きやくぶん》としておきちさんを預かろう、そのうち、おきちさんも品川宿が恋しくなるだろうから、そうしたら、自分が江戸の商《あきな》いかたがた送って行くんで、大船に乗った気でいてくれと……。そうまで言われたんじゃ、あっしも駄目だと言えなくて、それで、それならそれで、その旨《むね》を文に認《したた》め、女将さんに伝えてくれと言ったんでやすよ……。あっしはてっきり吉野屋から文が届いていると思ってやしたが、では、まだ届いてないんで？」

潤三が首を傾《かし》げる。

「これまでは届いていませんが、では、明日にでも届くのでしょうか……」

「並便《なみびん》だと九日から十日か……。まさか、吉野屋ともあろう大店《おおだな》が、飛脚賃《ひきやくちん》を吝嗇《けち》って並便に？」

達吉が訝しそうな顔をする。

「いや、商いの文なら正六《しょうろく》、急ぎなら仕立《したて》（一通でも配達する）にしてでも出すが、気の利《き》かねえ手代や丁稚《でっち》なら、私用だと思って並便にしたかもしれねえ……」

潤三が仕こなし顔に言う。

「まっ、よいでしょう……。文より先に潤三が戻って来て、事の成り行きが解ったのですもの……。けれども、わたくしは案じられてなりません。と言うのも、おきちがここを発《た》つ前のことですが、三代目女将になることをどこかしら渋《しぶ》っているような節《ふし》が見られましたのでね」

おりきが気遣《きづか》わしそうな顔をすると、達吉も頷く。

「そう言ャ、そうだった……。三吉が祝言を挙げるのを羨ましがって、挙句《あげく》、三代目女将になるのは嫌だ、とはっきり言いやがった……。あいつ、自分は一度も三代目になりたいと言ったことがないのに、女将さんが勝手に決めつけたんじゃないかとまで言ってよ……。養女にしてくれと言い出したのはてめえのくせして、なんてことを言いやがる！　女将の養女になるってこたァ、三代目を継ぐってことじゃねえか……。それをころっと忘れて、双子の兄が所帯を持ったもんだから、何がなんでも自分もと焦《あせ》ってるだけじゃねえか！　ふン、そのうちまた気が変わって、悪うございました、どうぞ三代目にして下さいと頭を下げることになるというのによ！」

潤三が心ありげな顔をして、おりきに視線を定める。

「そうでしょうか……。俺、幸三さんとおきちさんの仲睦《なかむつ》まじい姿を見て、もしかすると、幸三さんは本気でおきちさんのことを考えているのじゃねえかと思ったことがありやしてね」

「本気で考えるとは、おきちと夫婦《めおと》になるということですか？」

おりきの胸がきやりと揺《ゆ》れる。

嘗て、幸右衛門が二度もおりきに求婚したことがあるのを思い出したのである。

それは幸右衛門が先妻を失ったばかりの頃のことで、おりきは女ごとして幸右衛門の申し出を嬉《うれ》しく思った。

幸右衛門は非の打ち所のない男で、おりきにしてみれば勿体《もったい》ないような話なのだが、立場茶屋おりきの二代目女将として茶屋や旅籠を支え店衆を束ねなければならないおりきには、女将の座を捨て京に行くことなど出来ない相談……。

結句、二度ともやんわりと断ることになったのであるが、幸右衛門はおりきの気持をよく解ってくれ、その後も、おりきの良き後援者として支え続けてくれたのだった。

そのことを思うと、幸三がおきちに好意を持ったとしても不思議はない。

もしかすると、幸三は幸右衛門の叶《かな》わなかった夢を、自分がおりきの養女おきちを娶《めと》ることで果たそうと思っているのかもしれない。

幸三は妻帯しているわけでもなく、おきちもまだ女将になったわけではないのだから、それは充分考えられることである。

「まさか……。おきちは小娘じゃねえか！　そんなことがあるわけがねえ……」

達吉が太平楽《たいへいらく》に言う。

「いえ、それは解りませんことよ。おきちは二十一です。それに幸三さんは確か二十五歳……。歳の釣《つ》り合いからいっても、決しておかしくはない話ですからね」

おりきがそう言うと、達吉が承服《しょうふく》しかねる顔をする。

「じゃ、女将さんは仮に二人が夫婦《めおと》になりてェと言い出したら、許すというんで？」

「さあ、どうでしょう……。二人の気持が定かではないのですから、現在《いま》はなんとも言えませんね」

正《まさ》な話、おりきにはどうしたものか解らない。

ふっと、幸右衛門が生きていたならば、どう思うのだろうかと思った。

が、幸右衛門はもうこの世の人ではない。

「疲れました。今宵《こよい》はもう休みましょう。潤三には明日からまた番頭役をしっかり務《つと》めてもらわなければなりませんからね……」

おりきは微笑《ほほえ》むと、達吉と潤三に、もう休むように、と促《うなが》した。


そして翌日のことである。

昼近くになり、下足番見習の末吉《すえきち》が午前中に届いた文を手に帳場にやってきた。

文を受け取った潤三が四、五通の封書の差出人を確かめ、なんだよ、今頃届くなんて！　と声を上げた。

「おっ、吉野屋からか？」

達吉が早く渡せと手を差し伸べる。

「やっぱ、並便かよ……。道理で遅ェはずだぜ。女将さん、吉野屋の旦那からでやすぜ」

達吉が文を確かめ、おりきに手渡す。

おりきは封を解《ほど》いた。

文には三米と琴音の祝言が無事に終わったことと、二人が大層幸せそうなので安心するようにとあり、おきちがもう暫く京に滞在したいと言っているが、おきちの滞在中は吉野屋が充分な世話をするつもりなので心配しないように、近いうちに江戸に下らなければならないので、その折、おきちを送り届けるとあった。

いかにも型どおりな文で、これを見る限り、幸三がおきちをどう思っているのかといった私的な感情は伝わってこない。

おりきは拍子抜《ひようしぬ》けしたような想いで、達吉に文を手渡した。

「どうやら案じることはなさそうです」

達吉も文に目を通し、ほらみたことかといった顔をする。

「なんでェ、夕《ゆん》べ、女将さんや潤三が妙なことを言うもんだから、あっしまで気になってなかなか寝つけなかったんだが、莫迦を見ちまったぜ！」

「けれども、近いうちに江戸に来るといっても、いつとは書いてありませんよね？

一体、いつまでおきちを京に留めておくつもりなのでしょう……」

「さあ……」

「これから暫くは暑い日が続きやすからね……」

三人は顔を見合わせた。

「まさか、秋ってことじゃ……」

潤三がそう言うと、おりきも頷く。

「幸右衛門さまも余程《よほど》のことがない限り、暑い盛りの長旅は避《さ》けておいででしたからね」

「てこたァ、おきちは八月の末か九月にならねえと帰《けえ》って来ねえってこと……」

達吉が渋顔《しぶがお》をする。

「けれども、おきちには当座の衣類しか持たせていません。京での滞在が長引くのであれば、絽《ろ》とか紗《しゃ》といった薄物《うすもの》を送らなければなりませんね」

おりきがそう言うと、潤三が割って入る。

「心配《しんぺえ》することはありやせんよ。吉野屋は染物問屋だ。見本として染めた反物が山とあるもんだから、おきちさんは行ってすぐに何枚もの着物を仕立ててもらってやしたからね……。案外《あんげえ》、おきちさんはそんなことが嬉しくて京を離れたがらねえんじゃなかろうか……」

「まあ……」

おりきは眉根を寄せた。

おきちは現在女将修業の身とあって、ここにいたのでは女中たちと同じお仕着《しき》せでいなければならないが、京にいれば薄物を取っ替《か》え引っ替え着られるのである。

おきちの気持も解らないでもないが、現実に引き戻されたときのことを考えると、おりきは鬼胎《きたい》を抱《いだ》かずにはいられない。

「けれども、吉野屋の厚意に甘えてばかりもいられません。早速《さっそく》、何か見繕《みつくろ》って送ることにいたしましょう」

達吉はおりきが意地張《いじば》っていることを見抜き、苦笑《にがわら》いすると話題を替えた。

「けどよ、考えてみると、潤三は並便より早く戻って来たことになる……。随分《ずいぶん》と急ぎ旅だったよな！」

潤三が照れ臭そうな顔をする。

「行きはおきちさんと一緒でやしたからね……。無理をさせちゃならねえと思い、一日八里ってところでやしたが、帰《けえ》りはあっし一人なもんで、そりゃあもう……。何しろ、天王祭が迫ってたもんで、一日も早く戻りてェと気が逸《はや》ったんだが、とうとう宮出しに間に合いやせんでした……。それはそうと、気になってたんでやすが、三婆《さんばば》の宴《うたげ》はどうでやしたか？」

潤三が達吉に目を据える。

「おう、あれな……。安心しな！　すべて按配《あんばい》よく運んだからよ。なんと言っても、七海《ななみ》堂《どう》の久野《ひさの》さんの快活さがものを言ってよ！　お庸《よう》さんや弥生《やよい》さんとは初対面なのに、四半刻《しはんとき》（三十分）もしねえうちに旧知《きゅうち》の仲のような雰囲気になったというから驚いちまったぜ」

おりきも目を細める。

「そうでしたわね。あとで弥生さまが言っておられましたわ。七海《ななみ》さんはよい嫁に恵まれて幸せだったのですねって……。ご自分が息子夫婦と別に暮らしているので余計にそう思われたのでしょうがね」

「いや、あっしは息子夫婦とのことじゃなくて、おふなさんとのことを言われたのだと思いやすぜ」

達吉がそう言うと、おりきも、ああ……、と頷く。

佃煮屋《つくだにや》の田澤屋《たざわや》伍吉《ごきち》、弥生夫婦は、堺屋《さかいや》の跡《あと》に見世を移すまで、母のおふなを洲崎《すさき》の寮に隠遁《いんとん》させていたのである。

佃島の海とんぼ（漁師）の女房だったおふなが佃煮屋田澤屋を立ち上げ、品川宿門前町に見世を構えるや、あれよあれよという間に大店にのし上げたが、いつしか、伍吉はおふなを疎《うと》んじるようになり、隠居と銘《めい》打ち洲崎の寮に閉じ込めてしまったという。

が、その伍吉の目を開かせたのが七海堂の金一郎《きんいちろう》が母七海に接する態度で、伍吉は深く反省すると、堺屋の跡を改築したのを契機におふなを引き取ることにしたのである。

と同時に、おふなの世話役という形で堺屋栄太朗《えいたろう》の未亡人お庸を引き取った。

それが縁で、おふな、お庸、七海の三人が年に何度かの三婆の宴を催《もよお》すことになったのである。

そうして、おふな亡き後、嫁の弥生が加わり、七海亡き後、嫁の久野が……。

こうして三婆の宴が脈々《みやくみやく》と受け継がれていくのは、まことに以《もっ》て悦ばしいことである。

「それで、久野さんは板頭の料理をなんと？　だって、他の二人はもう何度も板頭の料理を口にしていやすが、久野さんは初めてでやしょ？」

潤三が目を輝かせる。

すると、達吉が毎日のお品書《しながき》を綴《と》じた台帳《だいちょう》を取り出す。

「ええっと……。五月五日だったから、おっ、これこれ……」

潤三が目を皿のようにして、三婆の宴のお品書を見る。

「へえェ、先付《さきづけ》がとろろ豆腐《どうふ》の生雲丹《なまうに》載《の》せ……。とろろ豆腐とは？」

おりきがふわりとした笑《え》みを返す。

「それがね、巳之吉も此度《こたび》初めて作ったようですが、長芋《ながいも》と山芋《やまいも》を擂《す》り下ろし寒天《かんてん》を加えて固めたもので、周囲《まわり》に卵黄餡《らんおうあん》を添《そ》え、生雲丹、山葵《わさび》を載せ、上から青柚子《あおゆず》の皮を振りかけたものですの……。一見《いっけん》、淡白《たんぱく》に思えるとろろ豆腐を卵黄餡と生雲丹でこってりとした風味合に仕立てたもので、これはお庸さんが大層悦ばれましてね」

「へえェ、美味《うま》そうだな！　で、次が椀物《わんもの》で牡丹《ぼたん》鱧の清《す》まし仕立て、焼き茄子《なす》、じゅんさい、梅肉《ばいにく》添えか……。これは瓢亭と同じだが、瓢亭の場合は梅肉じゃなくてもぐさ生姜《しょうが》で、しかも薄葛《うすくず》仕立てでやした。それで次が向付《むこうづけ》で、氷を敷《し》いた青磁《せいじ》の鉢《はち》に鯛《たい》へぎ造りに鮪《まぐろ》のとろ平造り、鱧焼き霜《じも》か……。で、ここでお凌《しのぎ》となり、鯛ちまき……。成程、端午《たんご》の節句《せっく》だもんな。へえェ、相変わらず、板頭は心憎《こころにく》いことを！」

潤三が感心したように言う。

「そりゃそうさ。巳之さんの右に出る者はいねえんだからよ！　次の焼物《やきもの》を見な！

焼石の上で鮑と車海老を焼き、それとは別に鮎の塩焼がついてるんだからよ」

達吉がまるで自分の手柄《てがら》であるかのように鼻蠢《おごめ》かせる。

「ホントだ！　こりゃ、完璧《かんぺき》に板頭に勝算ありだぜ。瓢亭の焼物は鱧の源平焼《げんぺいやき》でやしたからね……。尤《もっと》も、もう一品、賀茂《かも》茄子の木の芽味噌《みそ》田楽《でんがく》がついてやしたけどね。で、次の炊《た》き合わせが冬瓜《とうがん》の揚煮《あげに》と三度豆《さんどまめ》、湯葉《ゆば》、茗荷《みょうが》……。ああ、これはきっと爽《さわ》やかな味がするんだろうな。こんなところも板頭はよく考えてやすよね？　お庸さんも弥生さんもおふなさんに負けず劣《おと》らずの健啖家《けんたんか》だが、なんといってもお歳を召している……。ここら辺りで胃の腑《ふ》に優しいものをと考えたに違《ちげ》ェねえ」

潤三がそう言うと、おりきが割って入る。

「そうなのですよ。常なら、この後、揚物《あげもの》が出るのですが、分葱《わけぎ》と独活《うど》、赤貝《あかがい》の酢物《すのもの》を持っていき、ご飯物《はんもの》が鯛茶漬《ちゃづけ》と赤出汁《あかだし》……」

「お三方《さんかた》とも悦ばれたでやしょう」

「ええ、それはもう！　最後の水菓子《みずがし》に至《いた》るまで、何ひとつ余すことなく食べて下さいましたわ」

「それればかりじゃねえぜ！　すっかり味を占めてしまった久野さんが、次は秋にしようと言い出され、だったら、後《のち》の月（九月十三日）に月見の宴を開こうではないかということになってよ」

「えっ、後の月はもう予約で埋《う》まってるんじゃ……」

潤三が目をまじくじさせる。

達吉はにたりと嗤《わら》った。

「だからよ、もしも予約の取り消しが出た場合はってことでよ」

「じゃ、取り消しが出なかったら諦《あきら》めるってことで？」

「その場合は、翌十四日でも構わねえそうでよ……。と言うのも、後の月には縁側を秋の河原に見立て、山野草で飾りつけてるだろ？　翌日も縁側をそのままにしておけば、一日くれェなら月もさほど欠けちゃいねえ……。なんと、そう言ったのが久野さんだというんだから、俺《おり》ャ、あの女《ひと》はどこまで大束《おおたば》な女ごかと思ってよ！」

「へえェ……、そうだったんでやすか。ああ、あっしも早く久野という女《ひと》に逢《あ》いてェな！」

潤三がまだ見ぬ久野に想いを馳《は》せる。

「逢えばきっと好きになりますわよ。さっ、そろそろ仕事に戻って下さいな。あっ、お待ち！　大番頭さん、茶屋のほうは今日も立て込んでいますか？」

おりきが達吉に訊ねる。

「ええ、まだ天王祭の最中でやすからね。女将さんはおなみのことを思われてるんでしょうが、常なら中食時《ちゅうじきどき》を過ぎれば少しは手が空くんだが、祭の間は一日中席の暖まる暇がねえくれェの忙しさで、茶屋衆《ちゃやし》も交替で、それも立ったままで食事を摂《と》るというから、おなみにちょいと抜けて来いと言うのは無理というもの……」

「それはそうですね。では、山留《やまどめ》（閉店）になってから、もしも半刻《はんとき》（一時間）ほど暇が取れるようなら、帳場に来て下さいと伝えてくれませんか？　いえ、今宵でなくてもよいのですよ。明日でも明後日《あさって》でも……」

「へっ、解りやした。甚助にそう伝えておきやしょう」

達吉はそう言うと、帳場を出て行った。

おりきがふうと太息を吐く。

おきちが暫く戻って来ないということは、旅籠も人手不足だろうし、仮に、おなみまでが辞《や》めるようなことになったら……。

やはり、口入屋《くちいれや》に声をかけておいたほうがよいのだろうか……。

おなみはその日の五ツ半（午後九時）を廻った頃にやって来た。

「おなみですが、お呼びだとか……」

おなみは板場側の障子の外から声をかけてきた。

達吉と一緒に夜食を摂っていたおりきは、慌てて箸《はし》を置いた。

「お入りなさい」

障子がそろりと開き、おなみが入って来る。

「今宵でなくてもよかったのですよ。おまえ、夜食は済ませましたか？」

おなみは今にも泣き出しそうな顔をして、首を振った。

「昼過ぎに茶屋番頭さんから山留の後、旅籠の帳場を訪ねろと言われて、あたし、なんだろう、何を言われるのだろうかと気が気じゃなく、とても、夜食を食べる気になれなくて……」

「あら、それは駄目ですよ！　では、おうめにおまえの夜食をここに運ぶように言いましょうね。あら、その顔はなんですか……。叱るのでも小言《こごと》を言うのでもないのだから、気を楽にしていてよいのですよ。大番頭さん、おうめにおなみの夜食を仕度《したく》するようにと伝えてきて下さいな」

「へい」

達吉が板場のほうに立っていく。

「さあ、長火鉢《ながひばち》の傍にお寄りなさい。おなみが帳場に来るのは初めてですか？」

「茶立女としてここに来たばかりの頃、一度……。あのときは先代の女将さんでしたけど……」

「そうでしたわね。おまえはわたくしより長くここにいるのですものね。それで、幾《いく》つのときに奉公に上がったのですか？」

「十六のときです。ここに来る前に三月《みつき》ほど他の見世にいたんだけど、立場茶屋おりきが茶立女を探していると耳にしたもんだから、前の見世を辞めさせてもらい、ここに来ました」

「それで現在《いま》幾つになりました？」

「三十八です」

「まあ、では二十二年もここに……」

「あたしより前にいた女《ひと》、いえ、後から入った女《ひと》もですが、次々に嫁に行ったり、およねさんみたいに死んじまって、現在《いま》ではあたしが一番の古株で……。いえ、歳からいえば、おくめさんが上ですけどね。あの女《ひと》は一度辞めてまた戻って来たんだから、ここでの年数はあたしのほうが上です」

「そうでしたわね。おなみはおくめがおよねに取って代わったと思い面白《おもしろ》くないのでしょうが、そこはひとつ、胸を押さえてもらえないかしら？　けれども、今宵ここに呼んだのは、その話ではないのですよ」

おりきがそう言ったときである。

「お待たせしました」

おうめが箱膳《はこぜん》を手に帳場に入って来る。

「済んません……」

おなみがぺこりと頭を下げる。

「気を兼ねることはないんだよ！　此《こ》の中《じゅう》、茶屋は忙しいんだもんね。加薬《かやく》ご飯と大《だい》根雪汁《こんゆきじる》、鯖《さば》の味噌《みそ》煮《に》だけど、しっかりお上がり！　おや、茶屋の夜食のほうが馳走《ちそう》だったかね？」

おうめがそう言うと、おなみが慌てて首を振る。

「いえ、茶屋では今宵は材料切れだとかで、握り飯と鹿尾菜《ひじき》の煮物《にもの》や切干大根《きりぼしだいこん》といった乾物《かんぶつ》ばかりで……。旅籠のほうがうんとご馳走です」

「そうかえ。じゃ、遠慮せずにお上がり！」

おうめはそう言うと、達吉の膳に手を伸ばした。

「あら、大番頭さんはまだ食事の途中なのですよ」

「ええ、解っています。大番頭さんね、恐らく、女将さんとおなみは食べながら話すだろうから、自分は食間で食べると……」

どうやら、達吉は気を利かせたようである。

「そうですか。では、おなみ、食べようではありませんか」

おりきは目で促すと、再び箸を手にした。

おうめが去って行くと、やっと、おなみも箸を取る。

「このお汁《つゆ》、変わってますね。大根なんとかと言いましたよね？」

おなみが汁椀《しるわん》を手に、不思議そうな顔をする。

「ああ、これは大根雪汁といって、出汁《だしじる》に摺り下ろし大根を入れて、白味噌《しろみそ》、塩を加えて最後に片栗粉《かたくりこ》でとろみをつけているのですよ。薬味《やくみ》の葱《ねぎ》と柚子皮、焼き海苔《のり》がよい風味を出しているでしょう？　茶屋の賄《まかな》いで出たことはないのですか？」

「茶屋は味噌汁か清まし汁で、凝《こ》ったことはしません」

「皆、忙しいですものね。幸い、旅籠にはお客さまに出す料理とは別に、旅籠衆の賄いだけをする榛名という女《ひと》がいましてね。あすなろ園の子供たちや旅籠衆の賄いはすべてその女《ひと》が作っていますの……。茶屋でもそういう女《ひと》がいるとよいですわね」

するとおなみが不服そうに唇を窄める。

「茶屋ではそんなことは出来ませんよ！　何しろ、女ごが板場の中に入ることも許してくれないんだから……」

「まあ、そうなの？　それは弥次郎《やじろう》がそう言うのですか？」

「板頭だけでなく、板場衆全員がそう言うのですもの……。茶屋の場合、配膳口から板場の中が見えるでしょう？　それで、客に女ごが板場にいるのを見られてはならないからって……」

そう言われてみると、そうである。

板場衆や客の中には板場を聖域《せいいき》と考えている者がいて、それで、板場の中が客の目に触《ふ》れる茶屋では、女衆を中に入れようとしないのであろう。

「けど、それでいいんですけどね……。あたしら女衆も中に入って賄いを作れと言われるより、男衆《おとこし》に作ってもらったものを食べているほうがいいですからね……。ああ、加薬ご飯も具沢山《ぐだくさん》でなんて美味《おい》しいんだろ！」

おなみはそれからは黙々と食べた。

おりきが食後の焙《ほう》じ茶を淹《い》れる。

「ご馳走さまでした！　それで、話ってなんですか？」

おなみが真剣な面差しをして、怖々とおりきを窺う。

「そのことなのですがね……。昨日、仲人嬶のおつやさんが茶屋を覗《のぞ》いたのを知っていますか？」

「ええ、茶屋番頭さんと何やら話していました。けど、昨日は格別目が回るような忙しさで、ふと気づいたら、いつの間にかいなくなっていましてね。それが何か……」

「おつやさんね、あの後、ここに見えましたのよ。それで、おまえに訊ねてくれないかと言われましてね。おなみ、誠吾という男《ひと》を知っていますか？」

「誠吾？　誠吾……、どこの誠吾ですか？」

「左官をしていて、歳は四十二歳だとか……。その男《ひと》が言うには、幼馴染で子供の頃同じ裏店に住んでいたおなみという女ごを捜《さが》してほしいと、おつやさんに頼んだそうでしてね」

「…………」

おなみが言葉を失い、茫然《ぼうぜん》とする。

「どうしました？　ああ、心当たりがあるのですね？」

「けど……」

「何故《なぜ》、その男《ひと》がおなみを捜しているのかということですね？　それがね、先つ頃、誠吾さんの連れ合いが亡くなられたそうなのですよ。なんでも、三人目の子のお産で母子共々生命《いのち》を落としたそうでしてね。誠吾さんは十歳の子と三歳の子の二人を抱えて、難儀《なんぎ》をしておられるとか……それで見かねた周囲《まわり》の者が、一時《いっとき》でも早く後添いを貰うようにと誠吾さんを急《せ》き立てたところ、誠吾さんが頑《がん》として首を縦《たて》に振ろうとしないそうで……」

「それとあたしになんの関わりが……」

「いいえ、そう急かさないで下さいな。これからが本題なのですから……。いえね、当初、後添いを貰うことに難色《なんしょく》を示していた誠吾さんが幼馴染におなみという女ごがいるが、あの女ごならば後添いにしてもよいと言ったというのですよ。と言うのも、同じ裏店にいた頃、自分に好意を持ってくれていたので、もしもその女ごが未だに独り身だとすれば、悦んで後添いに来てくれるのじゃなかろうかと……。そうなのですか? おまえ、誠吾さんを好ましく思っていたのですか?」

おりきが食い入るようにおなみを凝視《ぎょうし》する。

おなみは戸惑ったように目を伏せた。

「ええ、本当です。一時期、誠さんに逆上《のぼ》せあがってました……。とにかく顔が見たくて仕方なくて、用事もないのに後を跟《つ》けてみたり、邪険《じゃけん》に追い払われても、子犬が親犬を追いかけるみたいにして……。だから、あたしはあの男に煙たがられていたんですよ。それに、誠さんにはお喜和《きわ》という一つ歳上《としうえ》の惚れた女ごがいたのを知ってたんで……。確か、一膳飯屋《いちぜんめしや》の娘だったように思うんだけど、えっ、じゃ、誠さんの死んだ女房というのはお喜和さん……」

「いいえ、名前を聞いていないので、その女《ひと》かどうか判らないのですがね。おつやさんの話では、誠吾さんは未だに亡くなった女房のことが忘れられず、それで後添いを貰うことを渋《しぶ》っていたのだとか……」

「それなのに、あたしだったらいいと？」

おりきは狼狽《うろた》えた。

極力、おなみを疵《きず》つけないように言葉を選んで話しているつもりだが、疵つけまいと思って嘘《うそ》を吐くのも考えもの……。

所詮《しょせん》、嘘は嘘で一時《いちじ》凌《しの》ぎにしかならないのであるから……。

「おなみ、おまえは分別《ふんべつ》もあり道理の解る女ごと思い、わたくしの正直な気持を話しますね。誠吾さんはね、どんな条件であろうと、つまり、生《な》さぬ仲の子が二人いて、しかも、誠吾さんの心の中に未だに死んだ女房がいても、おなみなら悦んで自分について来てくれると思っているのではないでしょうか……」

「そんな……。じゃ、あたしは都合《つごう》よく使える女ごってことじゃないですか！　あの男《ひと》、あたしがでヽでヽふヽくヽ（醜女）だと思って、虚仮《こけ》にしてるんですよ。嫌だ、そんなの……。でヽでヽふヽくヽにはでヽでヽふヽくヽの意地ってもんがありますからね！　それに、あたしはもう小娘の頃のおなみじゃないんだ！　邪険にされても悦んで尻尾《しっぽ》を振ってついていくと思ったとしたら、大間違いだ……。女将さん、人は変わるんですよ。確かに、誠さんの名前が出たとき胸がきやりとしたし、後添いって言葉にときめきもしましたよ……。けど、聞いてりゃなんだよ！　死んだ女房のことが忘れられない、だが、子のためには世話をしてくれる女ごが欲しい、その折り合いをつけるためには、女房より見劣りのするお亀（醜女）、つまり、あたしを傍に置きたいと言ってるんだからさ！　女将さん、あたしは立場茶屋おりきの茶立女となって、いろんな男《ひと》を見てきましたよ。酒が入ると本性《ほんしょう》が出ますからね。男なんてこんなものかと思ったら、嫁に行かなくてせいせいしてるくらいなんだ！　考えてみると、十六のときに奉公に上がって、あれから二十二年……。ここにいるほうが長いんですからね。今更《いまさら》、嫁に行こうとは思っていません。それに、人を人とも思わない誠さんの言いなりになんかなるもんか！　女将さん、今はっきり心を決めました。この話、断って下さい」

おなみがおりきを瞠める。

「本当に、それでよいのですね？」

「はい。なんだか、胸がすっきりしました。だって、昔はあたしが誠さんを追い回して愛想尽《あいそづ》かしされたけど、今度はあたしのほうから肘鉄《ひじてつ》を食らわせてやることが出来るんだもの……。ああ、いい気分だ！　なんだか長年の恨みが晴らせたようで、これでまた、明日から大手を振って仕事が出来るってもんです」

「おなみは本当に茶立女の仕事が好きなのですね」

「ええ、好きです。天職と思っていますよ。そりゃね、おまきさんのように生さぬ仲の子が四人もいる男《ひと》の後添いに入る女《ひと》もいますよ。けど、それは亭主が出来た男《ひと》だからじゃないですか……。口重《くちおも》な男《ひと》と聞いたけど、おまきさんは亭主に慕《した》われていますからね。それが一番肝心《かんじん》なことで、誠さんにはその心がない……。ふン、恐らく、あたしなら御《ぎょ》しやすいと思ったんだろうが、そうは問屋が卸《おろ》さない！　あたしはもう昔のおなみじゃなくて、立場茶屋おりきのおなみなんだからさ！」

まあ……、とおりきの胸が熱くなる。

「よくぞ言ってくれました！　おなみ、安心してここにいることです。とは言え、先のことは判りません。これから先、本当におなみに相応《ふさわ》しい男《ひと》が現れたら、そのときまた考えればよいのですものね。疲れたのではありませんか？　今宵はもうお休みなさい。おつやさんにはわたくしの口から断っておきますので……」

「はい。では、休ませてもらいます」

おなみが頭を下げて帳場を出て行く。

入れ違いに、達吉が入って来る。

「立ち聞きするつもりじゃなかったんだが、つい、耳に入《へえ》っちまったもんだから……」

達吉は決まり悪そうにそう言うと、おなみの去った方向へと目をやる。

「おなみがあそこまで割り切っていたとはよ……。ここに来たばかりの頃は、ご面相が悪いのを気にしてか、いつも、おどおどしていたあのおなみが、現在《いま》じゃ、自信に充《み》ち満ちているんだもんな……。伊達《だて》に歳は食っちゃいなかったということか……」

「けれども、わたくし、なんだかほっとしましたわ。おなみがあそこまでしっかりとした考えを持っているのですものね」

「あとは、おくめとおなみの間が甘《うま》くいってくれれば、これで茶屋はもう何も問題がねえってことだ……」

達吉のその言葉に、おりきが目を瞬く。

「えっ、二人の間に何か問題が起きたとでも……」

「いえね、甚助がちょいと零してたもんだから……。と言っても、一触即発の雰囲気というんじゃなくて、どこかしら、おなみにおくめへの不満があるのじゃなかろうかと……」

「…………」

「なに、大丈夫《でえじょうぶ》でやすよ。二人とも莫迦じゃねえ……。なんと言っても甲羅を経ているし、酸《す》いも甘いも知ってやすからね。まっ、適宜《てきぎ》に対処《たいしょ》していくでしょう……」

達吉はそう言ったが、おりきの胸にまたもや危惧《きぐ》の念が……。

やれ、女将という立場には、片時《かたとき》も気の安まる間がないのである。

ところが、おりきの鬼胎は牛頭天王祭の最終日、宮入りの日になって、現実のものとなってしまったのである。

神輿が宮入りを済ませ、それまで芋の子を洗うようだった門前町から三々五々に人々が散っていき、立場茶屋おりきの茶屋でもやっとひと息吐いたときのことである。

おなみがこれまでに目に余ったことを小春に注意していると、おくめがつっと傍に寄って来て、

「ちょいと、それはあたしの役目じゃないか！　あたしの目を盗《ぬす》んで何さ。女衆を束ねるのは誰だと思ってるのさ！」

と、いちゃもんをつけてきたではないか……。

おなみはきっと険《けわ》しい目でおくめを睨《ね》めつけた。

「何さ！　あたしはおまえが役目を果たさないで板場衆とチャラチャラしてたから、代わりに小春の不始末の尻拭《しりぬぐ》いをしてやったんじゃないか」

「ちょいと耳にかかることをお言いだね！　あたしがいつ板場衆とチャラチャラしたよ」

「してたじゃないか！　新《しん》さんを摑《つか》まえて、今日の出汁《だし》巻玉子《まきたまご》は上手《うま》く作れたじゃないか、さすがは今戸《いまど》の金波楼《きんぱろう》にいただけのことはあるって……」

「ああ、言ったさ。それのどこがチャラチャラなのさ！　あたしは思ったままを言っただけだ」

「そりゃそうかもしれないが、何も注文が立て込んだときにする会話じゃないだろ？　あのとき、小春がどんな失態《しったい》を冒《おか》していたか知らないだろ！　小春はね、客の浴衣《ゆかた》に

煮魚の汁を零しちまったんだよ。しかも、慌てて拭おうとしたものだから、飯台の銚子を引っ繰《く》り返すし、とても見ていられなかったんだからね！　あたしが急いで別のお銚子を運んで行き、平謝りに謝ったから、客も汚《よご》したのが浴衣で良かった、気にすることァねえと言ってくれたんだけど、おまえさん、偉そうに自分が茶屋の女衆を束ねているというのなら、まずはおまえさんが飛んでいくべきじゃないかえ？」

おなみに鳴り立てられ、おくめには返す言葉がなかった。

茶屋の客は粗方《あらかた》引き上げ、大広間の奥に一組客がいるだけだったので、幸い客に醜《しゅう》態《たい》をさらさずに済んだのであるが、甚助は挙措を失った。

それで、茶屋衆が夜食を摂る段になり、甚助が二人を呼びつけたのである。

「此の中、おめえたち二人を見ていると、どっとしねえ（感心しない）ことばかりだ！今日という今日は、もう堪忍袋の緒が切れた。不満があるのなら、これから女将さんの前《めえ》で互《てげ》ェに腹に据えかねることを吐き出せばいい！　さあ、女将さんのところに行くんだ。いいな、解ったな？」

甚助はそう怒鳴りつけると、二人を旅籠の帳場へと連れて行った。

「女将さん、宜《よろ》しゅうございやすか？　甚助でやす」

その声に、おりきと達吉は顔を見合わせた。

常なら、通いの甚助はとっくに帰宅していてもよい頃なのに、今時分、どうしたことかと思ったのである。

「ええ、構いませんよ。お入りなさい」

おりきがそう言うと、甚助が障子を開け、背後を振り返った。

「誰かいるのですか？」

「ええ、おくめとおなみなんでやすけどね……。此の中、この二人に剣呑なものが漂《ただよ》っていて案じてたんでやすが、遂《つい》に、さっき皆の前で遣《や》り合いやして……。それで、このままじゃいけねえと思い、不満があるのなら女将さんの前で互ェ《てげ》にさらけ出しちまいなと言ったんでやすよ」

「まあ、そんなことが……。解りました。二人ともお入りなさい」

おくめとおなみが潮垂《しおた》れた恰好《かっこう》で入って来る。

「それで、夜食は済ませたのですか？」

「いや、夜食の後では遅くなると思って、食べねえまま連れて来やした」

「それはいけませんわ。お腹が空いていると余計こそ気が立つというものです。大番頭さん、おうめに何か見繕うように言って下さいな。旅籠ではもう夜食を済ませた後でしてね。大した物は作れないかもしれませんが、何かあるでしょうから……」

おりきに言われ、達吉が板場へと立って行く。

「それで、どうしたというのです？」

おりきは三人にお茶を淹れてやりながら、上目《うわめ》におくめとおなみを窺った。

「それが……。おなみさんたら、自分を何様と思ってるのか、偉そうに小春に説教をしているものだから、それは茶屋の女衆を束ねるあたしの役目じゃないかと言ったんですよ……。そしたら、この女《ひと》、あたしが自分の役目を放り出して板場衆とチャラチャラしているから、自分が小春の失態の責めを負《お》い、客に詫《わ》びを入れたんだと言うじゃないですか……。ええ、そりゃ、あたしは小春が客の浴衣に煮魚の汁を零したことも、銚子を引っ繰り返したことにも気づきませんでしたよ……。けど、まるで鬼の首でも取ったかのように、わざとらしく小春に説教することはないじゃないですか！　しかも、小春を外に呼んでするのならまだしも、他の女衆の前でこれ見よがしに説教するんだもの、あたしの面目丸潰《めんぼくまるつぶ》れだ……」

「何が面目だよ！　およねさんがいた頃はこんなことはなかったんだ。あの女《ひと》、まるで背中に目玉がついているみたいに、大広間の端々《はしばし》にまで目が行き届いていたからね。それが、この女《ひと》に代わった途端《とたん》、緊張の糸が切れたみたいに茶立女が注文を取り違えるわ、器の扱いが雑になるわで、目も当てられないんだから……。これって、やはり、上に立つ者がしっかりしていないから起きることですよね？　だから、あたしは見るに見かねて、口を挟んだんじゃないか！　女将さん、どう思います？　責められるとしたら、やっぱ、この女《ひと》ですよね？」

おなみがおくめを指で差す。

「おなみ！　そんなふうに他人《ひと》を指で差すものではありません」

おりきが厳しい目でおなみを睨めつける。

「済みません……」

おなみは素直に謝った。

「さっ、お茶をお上がりなさい。今の二人の言い分を聞いていて、互いに不満を持っていることは解りました。問題は、どちらが上に立つかということ……。でもね、二人には重要なことなのでしょうが、傍《はた》で聞いていると滑稽《こっけい》に聞こえますのよ。確かに、およねは茶立女の中では長でした。それは、およねが先代の頃からここにいて、女衆の中では一番の古株だったからで、それは誰もが認めることでしたね？　そのおよねに亡くなられ、わたくしも次は誰を後継者《こうけいしゃ》にしたものかと考えました……。当然、年《とし》嵩《かさ》で茶屋ではおよねの次に古くからいるおくめかとも思いましたが、おくめは途中で嫁に行き、再び戻って来たといっても空白があります。では、おなみ……。おなみは二十二年もここにいて、その間、労苦を厭わずよく働いてくれました。けれども、歳からいえば、おくめより若い……。それでね、思いましたの……。ここはどちらが上に立つというのではなく、二人に力を合わせて茶屋を守《も》り立ててもらえばよいのではないかと……。そのことをはっきりと二人の前で言わなかった、女将のわたくしも悪い……。許して下さい、この通りです」

おりきは深々と頭を下げた。

おくめとおなみが慌てる。

「頭をお上げ下さい、女将さん！」

「女将さんが謝ることではないんですよ。あたしが思い違いをしていました。ごめんなさい、許して下さいませ……」

二人とも飛蝗《ばった》のように腰を折った。

「では、今後は二人で力を合わせて茶屋を守り立ててくれますね？」

「はい」

「二度と思い上がった気持を持ちません」

「そう……。おなみは茶立女を天職と思っているのですものね？　おくめもそうですよ。一度は嫁に出たけれども、再び戻って来てくれたのですものね。二人にとっては、ここは実家《さと》のようなもの……。あなたたちは仲間であり、肉親のようなものですもの、支え合わないでどうしましょう」

おりきがそう言ったとき、おうめと達吉が帳場に入って来た。

「お待たせ！　さあさ、鯛茶漬に小茄子《こなす》の蓼漬《たでづけ》だよ。おまえたちは運がいいよ！　この鯛茶漬はね、明日の仕込みに残っていた板頭が手ずから作ってくれたんだからさ」

おうめがそう言い、折敷《おしき》をおくめの前に置く。

続いて、達吉がおなみの前に……。

「まあ、巳之吉がわざわざ作ってくれたのですか？」

おりきがそう言うと、折敷を手に巳之吉が入って来て、甚助の前に置く。

「番頭さんもまだ食ってねえのじゃねえかと思って……。鯛刺しが少しばかり余ってたんで、急いで黒胡麻味噌《くろごまみそ》に漬け込んでみやした。山葵と刻《きざ》んだ青紫蘇《あおじそ》を上に載っけて、出汁をかけて食べてみて下せえ……」

「あっしまでが済まねえな！　あっしは家に戻れば嬶《かかあ》が仕度してくれてるのに……」

「なに、たまにはいいだろう？」

「そりゃ、いいに決まってやすよ！　嬶の作るものときたら……。ところが、今宵は巳之さんの作った鯛茶漬が食えるんだ！　へへっ、盆と正月が一遍に来たような想いだぜ。おっ、おくめ、おなみ、有難く頂戴しな！　二度と、立場茶屋おりきの板頭が作ったものは食えねえんだからよ」

甚助に促され、おくめとおなみが怖々と箸に手を伸ばす。

「有難うよ、巳之吉……」

おりきが巳之吉に目まじする。

「いいってことでやすよ！　じゃ、あっしはこれで休ませてもれェやすんで……」

巳之吉が照れ臭そうな顔をして、板場に戻って行く。

「おうめももうお休みなさい」

おりきがそう言うと、おうめは、いえ、あたしはもう少し……、板場を片づけなきゃならないんで……、と言う。

「その小茄子の蓼漬を食べてみな！　美味いよ」

おうめに言われ、おくめが青々とした蓼漬に箸をつける。

「なんて青々としてるんだろ！　これは蓼で漬けるからかしら？」

おなみも蓼漬を箸で摑み、目をまじくじさせる。

「そうみたいだよ……。これは榛名さんが漬けたんだけどね。小茄子を青々と仕上げるために砂糖《さとう》を混ぜた焼酎《しようちゆう》を入れ、なんだか小石も入れるとか……」

「へえェ、榛名さんてなんでも知ってるんだね！」

「その代わり、接客は苦手《にがて》だと言ってたよ。皆それぞれ持ち分ってものがあってさ！　二人とも茶立女としては右に出る者がいないんだから、もっと自分を信じることだ……。自分を信じてりゃ他人《ひと》を羨むことはないし、自《おの》ずと他人《ひと》に優しく接することが出来るからさ。亀の甲より年の功《こう》……。ここまで達観《たつかん》するには、あたしも様々《さまざま》なことを味わってきたからね……」

さすがは、おうめである。

二人は神妙《しんみょう》な顔をして聞いている。

茶屋でこれまでおうめの役割を果たしてきたのが、およね……。

およね亡き後、おくめとおなみの間にほんの少し波風が立ったようだが、現在《いま》の二人の顔を見れば、もう大丈夫のようである。

おりきは安堵し、ほっと息を吐いた。

「へえェ、そんなことがあったのかえ……」

　幾千代がお持たせの琥珀餅を黒文字で切り分けながら、おりきの顔をちらと見る。

「道理で、おきちの姿を見掛けないと思ったよ。そりゃ、京に行ったのは知ってたけど、あれからもう二月《ふたつき》だろ？　長逗留《ながとうりゅう》するにしても、些《いささ》か長すぎる……。けど、いいのかえ？　このまま戻らないと言い出したらどうすんのさ！」

「まさか……」

　おりきが新茶を淹れる手を止め、首を傾げる。

「あまり長くいては吉野屋に迷惑がかかることくらい、おきちも知っているでしょう」

「吉野屋が迷惑に思っていないとしたら？」

「それは……」

「だからさ、吉野屋の今度の旦那、なんてったっけ？」

「幸三さまですか？」

「そう、その幸三って男《ひと》がおきちを好ましく思っているとしたらどうする？」

「…………」

「だから、おきちを嫁に欲しいと言い出したらどうすんのさ！　おきちは三代目女将にしようと思って養女にした娘《こ》だよ？　その娘をかっ攫《さら》われたらどうすんのさ……」

「まさか……。吉野屋は京でも指折りの大店です。おきちには大店の内儀《ないぎ》になるような資質はありませんし、また、そのような躾《しつけ》もしていません。若女将の修業でさえ、こんなことでどうなるのだろうかとやきもきしていましたのに、とても、吉野屋の内儀は務まりませんわ」

「おりきさんはそう言うけど、男と女ごのことだけは解らないからね。だって、大店の旦那が花魁《おいらん》や芸者を身請《みうけ》して女房に直すことだってあるんだからさ……。おきちの場合は歴《れっき》とした料理旅籠立場茶屋おりきの養女だよ！　誰憚ることがあろうか、堂々としたもんだ……」

「…………」

おりきが絶句する。

何か言わなければと思うのだが、その言葉が見つからない。

「やっぱ、困るかえ？」

「いえ、困りはしません。元々、おきちは三代目にしようと思って養女にしたわけではありませんからね。身内を失った三吉、おきち兄妹を不憫《ふびん》に思い引き取ったのですが、三吉には絵の才があり加賀山竹米さまのところに引き取られていくことになり、おきちは自《みず》ら養女にしてくれと言い出したのですからね……。養女となったからには、当然、三代目女将……。わたくしをはじめ皆がそう思っていただけで、おきちが女将に相応しくないのであれば、考え直さなくてはなりません」

「じゃ、どうすんのさ！　おまえさん、もうすぐ四十路《よそじ》だよ？　悠長《ゆうちょう》に構えてなんかいられないんだから……」

言われてみれば、その通りなのである。

「あたし、一度も自分から三代目になりたいなんて言ったことがない……。女将さんが勝手に決めたんじゃないですか！　あたし、女将さんから言われたら、嫌だとは言えなかった……。だって、孤児《みなしご》となったあんちゃんとあたしを女将さんが引き取ってくれたんだもの、言われるままにしなくちゃならないと思って……。けど、いつの間にか、あたしが三代目女将ってことに決まってしまい、おうめさんからはいつも、そんなんじゃ女将になれないよ、と叱られるし、女将さんからは立ち居振る舞い、言葉遣《づか》いを注意され、好きでもない茶の稽古《けいこ》や活《い》け花をやらされるんだもの……。あたし、女将に向いてないんですよ。あたしには他人《ひと》の上に立てない！　それに、立ったところで誰もあたしの言うことなんか聞いてくれませんよ……」

おりきにそう食ってかかったおきち……。

あれは、おきちの本心だったのだろうと思う。

立場茶屋おりきほどの大所帯《おおじよたい》とあっては、誰もが女将を務められるわけではない。ましてや、嫌々《いやいや》ながら務めるなど、以ての外《ほか》……。

おりきはおきちのことは諦めざるを得《え》ないと思っていたのである。

「そうですわね。悠長に構えてなんかいられません。けれども、焦ったところで相応しい女《ひと》に巡《めぐ》り会《あ》えるものでもありません。大丈夫ですよ。いつか必ず、先代がわたくしに三代目に相応しい女《ひと》を巡り会わせて下さいますよ」

おりきがふわりとした笑みを返し、幾千代に二番茶《にばんちゃ》を淹れてやる。

「そうかもしれないね。あちしは幾富士《いくふじ》を手放した時点で、跡継《あとつぎ》は諦めちまったけどね……。実は、見番《けんばん》で小玉《こだま》を預からないかと話があったんだけど、きっぱり断ったんだよ。うちは置屋《おきや》じゃないんだし、幾富士の場合は特別でさ……。あの娘《こ》がどうしてもあちしの下で芸者になりたいと言うもんだから、養女にでもしたつもりで引き取ったんだけど、ふン、あっさり京藤《きようふじ》の息子にかっ攫《さら》われちまった……。以来、二度と二代目を育てようとは思うまいと……。あちしは拗《す》ね者だ！　元々、一匹狼《いつぴきおおかみ》……。お座敷に出られなくなったら、そのときはそのとき……。幸い、老後の貯《たくわ》えはあるからさ。お半《はん》に面倒を見てもらい、アバヨ！　とあの世に逝《い》くつもりだからさ」

「幾千代さん！　縁起の悪いことを言わないで下さいな」

「何が縁起が悪いんだえ？　誰でも一度は死ぬんだからさ……」

「それはそうですが、まだ先のこと……」

「なんだえ、おりきさんだって本当はそう思っているくせして！　あっ、でも、おまえさんはあちしとは違うか……。だって、巳之さんがいるんだもんね！」

「幾千代さんたら……」

おりきの頬に紅葉《もみじ》が散る。

巳之吉とは今後も夫婦《めおと》になることはないだろう。

が、互いにこの世で最《もっと》も大切な相手……。

ずっと信頼し合い、支え合って行ければよいと思っているが、周囲《まわり》の者からからかわれるのも、それはそれでまたよいものである。

幾千代がおりきが頬を染めたのを見て、くすりと嗤う。

「そりゃそうとね、幾富士が久し振りにあちしを白金猿町《しろかねさるまち》の寮に招いてくれてさ……」

「まあ、それはいつのことですの？」

「先月の末、牛頭天王祭で品川宿が忙しくなる前に来いと言うもんだから、お半を供に行って来たのさ」

「あら、お半さんも？　それはお半さんが悦ばれたことでしょう」

「お半たら、姫《ひめ》を置いていくのは心許《こころもと》ないというもんだから、おたけを呼び戻して姫の世話をさせてさ……。二人で出掛けるとなったら大事《おおごと》だよ！」

「白猫の姫は猟師町に来て六月《むつき》……。やはり、まだ慣《な》れませんか？」

おりきがそう言うと、幾千代は首を振った。

「そうじゃないんだ！　今度の姫は外に出さないようにしてるんだよ。出歩かせると、ろくなことがないじゃないか……。ほら、黒猫と違って、白は毛が汚れるしさ。それで、箱入り猫で育てることにしたのさ。だから、誰かが家にいてやらないと、寂《さみ》しがるだろ？」

幾千代がでれりと眉《まゆ》を垂《た》れる。

口では強気《つよき》なことを言っているが、やはり、幾千代も幾富士がいなくなって寂しいのであろう。

だが、それで白猫の姫を箱入り猫で育てるとは……。

「でもさ、お半を連れてって良かったよ！　行ってみて驚いたのだけど、幾富士ったら地方《じかた》まで呼んで舞《まい》を舞《ま》うというんだよ……。なんでも、伊織《いおり》さんと祝言を挙げてからは、一廻りに一度はお師《し》さんを呼んで稽古をつけてもらっているとかでさ……。そんな贅沢なことを、とあちしが言うと、これがちっとも贅沢ではないと言うのさ……。伊織さんて、ほら、あんな身体《からだ》だろ？　慰《なぐさ》み事なんて皆無《かいむ》といってもよいもんだから、幾富士が舞の稽古をつけてもらっているのを眺めるのが何よりの愉しみなんだってさ！　そう言われると、もう何も言えやしない……。そんなわけで、まっ、言ってみれば、幾富士一人の温習会《おんしゅうかい》かね？　それを披露《ひろう》したいものだから、あちしだけでなく、お半を同行するようにと言ったんだよ」

「それはよいことをなさいましたね」

「ところがさァ、行ってみて驚いたんだが、幾富士の舞のお師さんというのが、あちしが品川宿に来たばかりの頃の芸者仲間でさァ！　澤喜久《さわぎく》っていうんだけど、もう何十年も前に太物商《ふとものしょう》に落籍《ひか》されて以来、逢っていなかったんだよ。まさか、その澤喜久が幾富士のお師さんだったとはね……。それで、澤喜久ったら、あちしに三味線《しゃみひ》を弾けというじゃないか！　それで、急遽《きゅうきょ》、あちしも地方を務めることになったんだが、京藤の旦那も内儀《おかみ》さんも悦んでくれてさ……。その後、お端女《はした》のお尚《なお》って女《ひと》が手料理を振る舞ってくれて、それはそれは和《なご》やかな夏の宵《よい》となってさ……」

　まあ……、とおりきが目を細める。

　幾富士と伊織の幸せそうな姿が目に見えるようだった。

「では、幾富士さん、お幸せなのですね？」

「ああ、そりゃあもう！　伊織さんはすっかり幾富士を頼りきってさ……。身体の不自由な伊織さんには幾富士が手脚《てあし》といってもいい……。生涯、芸の道に生きると言っていたあの幾富士が、現在《いま》では、伊織さんの世話をするために生まれてきたみたいな顔をしてさ……。人間、いつ、どこでどう変わるものか判らないもんだね。けど、それが人の世ってもんでさ……。だから面白いともいえるんだけどさ！」

そうかもしれない……。

と、そこに、亀蔵《かめぞう》親分がやって来た。

「おっ、やっぱ、幾千代かよ！　玄関先まできたら、聞き覚えのある声がするもんだからよ……。おい、そりゃ、琥珀餅だろ？　なんでェ、早く言ってくれよな……。俺ャ、いっち、こいつが好物なのよ」

亀蔵が目敏《めざと》く猫板《ねこいた》の上に置かれた琥珀餅に目を留《と》め、ずかずかと長火鉢の傍に寄って来る。

「おや、親分の好物は麩《ふ》の焼じゃなかったっけ？　そうそう、鹿子《かのこ》餅《もち》も好きだと言ってたっけ……」

幾千代がちょっくら返す。

「黙って喋れっつゥのよ！　俺ャ、甘ェもんには目がねえんだからよ」

おりきがくすりと肩を揺らし、小皿に琥珀餅を取り分ける。

「おっ、済まねえな。早《はえ》ェとこ、茶をくんな！」

亀蔵が琥珀餅にかぶりつき、思い出したようにおりきに目を据える。

「おい、悦んでくんな！　十一《じゆういち》の奴、八文屋《はちもんや》に連れて帰《けえ》ったら、見違《みちげ》ェるほど顔色が良くなってよ。現在《いま》じゃ、板場で下働きをしてくれてるのよ」

おりきの顔がぱっと輝く。

「それは良かったですこと！　おさわさんが世話をした甲斐《かい》がありましたね」

「ああ、おさわが悦んでよ……。十一のおっかさんになったみてェに、いそいそと世話を焼いてるのよ。と言っても、病《やまい》が病だからよ……。現在《いま》がよくても、いつまた、倒れるか判らねえ……。けど、おさわは言ってるんだ。それはそれで宿命《さだめ》として受け止めなくちゃならねえ、けど、その日が来るまでは十一に生まれてきてよかったと思えることを筒一杯《つついつぺえ》してやるんだと……」

「そうですか……。おさわさんにその覚悟が出来ているのなら、思い残すことがないように十一さんの世話をされるとよいですわ」

「ちょい待った！　一体、おまえたち誰の話をしているのさ……」

幾千代がとほんとした顔をしている。

「ああ、ごめんなさい。幾千代さんはおさわさんが十一という子の世話をすることになった経緯《いきさつ》を知らないのですよね？　それがね……」

おりきが浅蜊《あさり》を売りに来た十一が八文屋で倒れ、素庵の許に運び込んだところ難病と言われる血液の病に罹《かか》っていることが判り、不憫がったおさわが十一の世話をすることになったのだと説明する。

「そんなことがあったのかえ……。いかにもおさわさんらしいや。けど、いずれ別れの秋《とき》が来ると解っているのに、看取《みと》る覚悟をするなんてさ……。そんなことをすれば、もっと辛《つら》くなるだろうに……」

幾千代がしみじみとした口調で言う。

「おさわさんは息子の陸郎《りくろう》さんを看取れませんでしたからね……。せめて、十一さんに出来る限りのことをしてあげようと思っているのではないでしょうか」

すると、亀蔵が思い出したように、パァンと膝を叩く。

「そうだった！　こうめから帰《けえ》りに線香花火《せんこうはなび》を買ってくるように言われてたんだ……。やべエ、やべエ、忘れるところだったぜ」

「大川《おおかわ》の花火に連れてってやればよいのに……」

幾千代がそう言うと、亀蔵が、駄目駄目、と手を振る。

「そういった人の集まる場所には連れて行けねえのよ。それで、せめて、山留の後、みずきやお初《はつ》たちと花火をしようと思ってよ……」

「そりゃそうだね。考えてみれば、伊織さんだって人溜《ひとだまり》の中には入っていけない……。せいぜい、寮の庭で幾富士と線香花火を愉しむくらいだろうが、それがあの二人にとっては何にも替えがたい至福《しふく》のときなんだろうからさ……」

「そうですよね。幸せのかたちは人によって違いますものね」

おりきがそう言うと、

「幸せのかたちか……。してみると、俺も幸せってことか……。だってよ、大好きな皆に囲《かこ》まれて、こうして好物の甘《あめ》ェもんが食えるんだからよ！」

亀蔵は納得したように頷くと、芥子粒《けしつぶ》のような目を更《さら》に小さくして、嬉しそうにへへっと笑った。

河鹿宿

おりきが妙国寺《みょうこくじ》の先代の墓に詣《まい》り、手桶《ておけ》を井戸端に返そうとすると、庫裡《くり》の水口《みずぐち》から住持《じゅうじ》が声をかけてきた。

「おりきさん、お急ぎでなければ、少し話していきませんかな?」

おりきは振り返ると、ふわりとした笑《え》みを返した。

「では、そうさせていただきましょう」

「今日は先代の月命日《つきめいにち》なので、恐らく、お詣りになると思っていましたよ。さあさ、玄関から仏間にお入りなされ」

住持に促《うなが》され、おりきは玄関へと廻《まわ》った。

おりきは先代の月命日、祥月命日《しょうつき》には欠《か》かさず墓に詣ってきたが、盆暮《ぼんくれ》の挨拶《あいさつ》は玄関先で済ませていたので、年忌《ねんき》の法要以外は庫裡に上がることがない。が、女将《おかみ》としての午前の務《つと》めはすべて果たしていて、別に急いで戻らなければならない理由はないのである。

庫裡の玄関先では、寺男《てらおとこ》が迎えてくれた。

寺男の後について仏間に入ると、なんと、住持が手ずから茶の仕度をしているではないか……。

「さあ、坐《すわ》られよ。たまには拙僧《せっそう》の点《た》てた茶で一服《いっぷく》というのもよいのではないかと思ってな……」

住持は手慣《てな》れた手つきで茶筅《ちゃせん》を搔《か》くと、おりきの前に茶碗《ちゃわん》を置いた。

おりきが作法《さほう》に則《のっと》り、お薄《うす》を口に運ぶ。

「おまえさんは毎日こうして客に茶を点前《てまえ》してこられたが、たまには息を抜かぬとな……。いや、実は、今日こうしておまえさんを呼び止めたのには理由《わけ》があってな……と言うのも、折り入って、頼み事があるのだが、聞いて下さいますかな？」

おりきは茶碗を戻すと、小首を傾《かし》げた。

「頼み事とは……」

「そう改まってもらっても困るのだが、現在《いま》、旅籠《はたご》の女衆《おなごし》は手が足《た》りていますかな？」

「女衆ですか？　いえ、先日、口入屋《くちいれや》によい女《ひと》を斡旋《あっせん》してもらえないかと頼んだばかりのところなのですよ」

「口入屋に頼んだ？　では、まだ決まったというわけではないのですな？」

「はい」

「実は、女将に逢《あ》わせたい女《ひと》がいましてな」

「それは……」

おりきが住持に目を据《す》える。

「歳《とし》は十七で、名前を里実《さとみ》といいましてな。わたしはまだ逢ったことがないのだが、鶴見《つるみ》の東福寺《とうふくじ》の和尚《おしょう》が言うには、大層怜悧《れいり》で、心根《こころね》の優《やさ》しい女《おな》ごだとか……。現在《いま》は高尾山《たかおさん》の麓《ふもと》にある尼寺《あまでら》にいるのだが、何しろ尼僧《にそう》が高齢《こうれい》のうえに庵《いおり》の跡《あと》を継《つ》ぐ者もなく、近々《ちかぢか》、庵を閉じることになったのだが、そうなると、里実という女ごの身の振り方を考えなければならなくなった……。東福寺では下働きとして引き取ることも考えたようなのだが、和尚が言うには、生まれたばかりの頃に尼寺に引き取られ、俗世《ぞくせ》を一度も味わわせないままというよりも、一度は世間の荒波《あらなみ》を潜《くぐ》らせるのもよいかもしれないと……。そこで、拙僧にどこかよい奉公先はないものだろうかと相談を持ちかけられることになったというわけで……。そこでわたしも考えてみたのだが、妙国寺を檀那寺《だんなでら》とするお店《たな》は、どこも帯に短し襷《たすき》に長し……。これまで尼僧の許《もと》で育てられた娘が、商家の水に馴染《なじ》めるかどうかと思ってな……。で、女将、おまえさんを思い出したというわけだ……。と言うのも、女将の店衆《たなし》に対する気扱《きあつかい》は定評《ていひょう》がある。おまえさん、まるで、店衆を我が子のように扱うそうではないか！　しかも、旅籠という商いは、他人と他人との触れ合いに重きを置き、何より、持て成す心が肝要……。尼僧に育てられた里実は、その心だけは幼い頃より叩《たた》き込まれている……。尼僧はお武家の出だけあって、躾《しつけ》や礼儀作法には厳しいのでな。無論《むろん》、女ごとしての嗜《たしな》みや、ある程度の教養も身につけているそうだ……。そんな娘なので、女将に預けるのが一番ではなかろうかと思ってな。どうだろう？　一度、逢ってみてやって下さいませんかな？」

おりきはふっと頬《ほお》を弛《ゆる》めた。

どんな頼み事かと緊張してしまったが、まさか、こんなことだったとは……。

おきちが京《きよう》に行ったきり、いつまで経《た》っても戻って来ないので、もう待ってはいられないとばかりに、口入屋に旅籠の女中を一人か二人廻してほしいと依頼したばかりなのである。

それ故《ゆえ》、住持の依頼は、迷惑どころか願ってもない話……。

「それはもう、是非《ぜひ》にでも、お逢いしとうございますわ」

おりきがそう言うと、住持は安堵《あんど》したように肩息《かたいき》を吐《つ》いた。

「おお、有難《ありがた》や！　女将ならそう言ってくれると思っていましたよ。とは言え、人手《ひとで》が余っているようなら、無理は言えないのでな……。それで、いつ、連れて行けばよいのかな?」

「うちはいつでも構いませんのよ。そちらの都合《つごう》のよい日にお越《こ》し下さいませ」

「おう、そうか……。だが、立場《たてば》茶屋《ぢやや》おりきのことは拙僧が思いついたことで、まずは東福寺の和尚にこのことを伝え、和尚の口から恵心尼《けいしんに》に話さなければならないのでな……。回りくどいようだが、その手順を踏まなければならない。といった理由《わけ》で、さあ、半月ほど先になるかと……。それで構いませんかな?」

住持が気を兼ねたように、おりきの顔を覗《のぞ》き込む。

「ええ、構いませんことよ。けれども、一つ、気にかかることが……。里実という娘ごは赤児《やや》の頃に尼寺に引き取られたとお聞きしましたが、それはどのような事情で?いえね、別に生《お》い立ちを詮索《せんさく》するつもりはないのですが、わたくしどもでお預かりするとなれば、ある程度のことは知っておかなければなりませんので……」

おりきがそう言うと、住持は仕こなし顔に頷《うなず》いた。

「女将がそう言うのは尤《もつと》もなこと……。これは東福寺の和尚から聞いたことなのだが、なんでも里実の母親が生まれてまだ間もない赤児《やや》を抱いて、尼寺に転がり込んできたそうな……。可哀相《かわいそう》に、母親は難産《なんざん》の末赤児《やや》を産《う》み落としたのか衰弱しきっていたそうで、恵心尼の手篤《てあつ》い看護も虚《むな》しく、半月後に息を引き取ったというのよ……。よって、恵心尼にも女ごに何があったのか詳しいことまでは判らなかったようだが、女ごが息を引き取る前に打ち明けた話によると、赤児《やや》の父親《てておや》は生麦村《なまむぎむら》の中庄屋白金屋《なかしょうやしろがねや》の旦那だとか……」

白金屋という言葉に、おりきの胸がきやりと揺《ゆ》れた。

住持はおりきの面差《おもざ》しの変化を見逃《みのが》さなかった。

「何か？」

「いえ……。確か、今、生麦村の白金屋とおっしゃいましたよね？」

「ええ、言いましたが、では、ご存知で？」

「生麦村に白金屋が幾《いく》つもあるわけではないでしょうから、では、わたくしの知っている白金屋のことなのでしょうが、実は、先代の女将が白金屋のご新造《しんぞう》だったのですよ」

住持がとほんとする。

「先代は品川宿門前町《しながわしゅくもんぜんちょう》に見世《みせ》を構えるまで、鶴見村横町《よこまち》で茶屋をやっていたと聞きましたが……」

「ええ、そうなのですが、鶴見村の茶屋は白金屋からの退代《のきしろ》として与えられた見世で、その前は、白金屋の若旦那のご新造だったそうですの……。これは大番頭の達吉《たつきち》から聞いた話なのですが、小作人の娘だった先代を白金屋では嫁と認めようとせず、お端《は》女《した》同様の扱いをしたそうですの。しかも、先代が赤児《やや》を産んだのを契機に姑《しゅうとめ》去りされ、二度と若旦那や息子に近寄らないと退状《のきじょう》まで書かされ、茶屋はそのときの退代だったといいます……。当時、白金屋の小作人だった達吉は、そんな先代を見るに見かね、白金屋と縁を切ると先代について行ったといいます。これまで、先代も達吉も住持にこの話をしなかったのは、白金屋とは完全に縁が切れたと思っていたからだと思いますよ」

「そうだったのですか……。だとすれば、里実の父親《てておや》は先代の亭主、つまり、若旦那？」

「いえ、それには年齢から見て、無理があります。わたくしが思うには、先代の息子、國哉《くにや》さんではないかと……」

「國哉？　えっ、女将は先代の息子にお逢いになったことがあるのですか？」

住持が目をまじくじさせる。

「いえ、逢って話をしたわけではありませんの。ただ、一度、息子の國哉さんが先代を訪ねて見世に来られたのではないかと思ったことがありましてね……。現在《いま》から八年近く前のことでしょうか、それらしき男《ひと》が客として茶屋に現れ、茶立女《ちゃたておんな》に訊《たず》ねたそうですの。ここの女将の名はおりきというのか、とか歳の頃を訊ねましてね……。けれども、女衆がわたくしのことかと思って三十路《みそじ》近くだと答え、もしも先代のことを言っているのなら、生きていれば五十路《いそじ》半《なか》ば……、と続けましたところ、途端《とたん》にがっくりと肩を落とし、暫《しばら》くすると、引き上げていったといいますの。その話を聞いて、達吉がその男《ひと》は國哉坊《ぼっ》ちゃまに違いないと言い張りましてね……。何故《なぜ》かしら、わたくしにもそう思えてなりませんでした。あのときの國哉さんは四十路《よそじ》少し前……。里実さんの歳が十七歳なのですから、充分考えられることですわ」

　おりきがそう言うと、住持が納得したように頷いてみせる。

「成程《なるほど》……。國哉が四十路もつれというのであれば、当時、先代の当主は七十路《ななそじ》近くですからな。では、國哉が里実の父親《てておや》ということか……。だが、それなら、何ゆえ、里実の母親は國哉を頼らなかったのだろうか……」

　住持が首を傾げる。

「頼ろうにも、頼れなかったのではないでしょうか……。里実さんの母親はそのことについて恵心尼に何も話さなかったのでしょうか」

「だろうな……。いや、待てよ。もしかすると、恵心尼は何か知っているのかもしれない……。知っていて、庵を閉める段になっても白金屋を頼ろうとしないのは、何か理由《わけ》があるからかもしれない……。解《わか》りました。その辺《あた》りの詳しい事情を恵心尼に質《ただ》すように、とわたしから東福寺の和尚に文《ふみ》を書きましょう」

おりきは挙措《きょそ》を失った。

「いえ、お止《よ》し下さいませ！　恵心尼がすべてを明かされないのには何か事情があるからなのでしょうから、そっとしておいて上げて下さいませ。わたくしどもでは里実さんが白金屋の血筋と判ったただけでよいのですよ……。それに、恵心尼の許で慈《いっく》しまれ、躾の行き届いた心根の優しい娘ごに育ったのですもの、これ以上、文句のつけようがありません……。ええ、ええ、立場茶屋おりきは里実さんを大歓迎いたしますことよ！」

おりきのその言葉に、住持はほっと眉《まゆ》を開き、もう一服いかがですかな？　と訊ねた。

「いえ、もう充分にございます」

おりきがやんわりと断る。

その刹那《せつな》、おりきの胸につっと熱いものが衝《つ》き上げてきた。

里実が國哉の娘だとすれば、先代の孫娘……。

ああ、これは先代が仕組《しく》まれたこと！

何故かしら、おりきにはそう思えてならなかった。

達吉はその話を聞くと、居ても立ってもいられないとばかりに立ち上がろうとした。

「どうしました？　どこに行こうというのですか……」

「いや、こうしちゃいられねえ！　その娘が先代の孫娘というのなら、一時《いっとき》もじっとなんてしていられねえ……。あっしがすぐさま迎えに行って参《めえ》りやす！」

「まあ落着きなさい。今、おまえが駆けつけてどうするのですか！　この話は鶴見の東福寺の和尚から妙国寺の住持にあったのです……。それなのに、筋道を立てずにいきなりおまえが里実さんを迎えに行ったのでは、和尚の面皮《めんぴ》を欠くことになります。半月ほどかかると言われるのだから、ここは待つより仕方がないのではありませんか？」

おりきがそう言うと、達吉は渋々《しぶしぶ》と腰を下ろした。

「そりゃそうなんだが……。けど、あっしは一刻も早く里実という娘に逢《に》いてェ！だって、先代の孫なんだぜ？　ああ、胸がわくわくする……。先代に似てるんだろうか……。そりゃ、似てるよな？　だって、血が繋《つな》がってるんだもの……。おっ、潤三《じゅんぞう》、どうしてェ、そんな顔をしてよ」

達吉がどこかしら冷《さ》めたような顔をしている潤三を訝《いぶか》しそうに見る。

「えっ、あっしでやすか？」

突然、矛先《ほこさき》を向けられ、潤三が狼狽《うろた》える。

「そんな顔って……。あっしが妙な顔をしてやした？　あっしは別に……。ただ、先代に逢ったことがねえあっしには、大番頭さんのように感慨《かんげえ》深くなれねえもんで……。それに、女将さんも大番頭さんも里実って娘を先代の孫と決めつけているようだけど、もしも違ってたらどうしやす？」

達吉が呆然《ぼうぜん》とする。

「違ってたらだと？　てんごうを！　い、い、違うわけねえだろ？　里実は國哉坊ちゃまの娘だぜ。先代の孫に違《ち》げェねえだろうが！」

達吉が気を苛《いら》ったように言う。

「けど、恵心尼は里実の父親《てておや》は白金屋の旦那と聞いただけなんですよね？　だったら、白金屋の旦那が國哉さんだと限らねえのじゃありやせんか？」

「………」

「…………」

おりきも達吉も、潤三の言う意味が解らず、とほんとした顔をする。

「つまりですよ、白金屋には國哉さんしか息子がいなかったのかってことで……」

あっと、おりきと達吉は顔を見合わせた。

「達吉、白金屋では先代を姑去りにした後、後添《のちぞ》いが入ったと言いましたよね？　その後添いに男の子が生まれたということはないのでしょうね？」

おりきがそう言うと、達吉は困《こう》じ果て、首を捻《ひね》った。

「さあ……。あっしは先代の後を追って、生麦村を出ちまったからよ……。白金屋に後添いが入《へえ》ったという噂《うわさ》は耳にしているが、その後、後添いに男の子が生まれたかどうかまでは聞いちゃいねえ……。それによ、仮に、後添いに男子が生まれたとしても、白金屋の嫡男《ちゃくなん》は國哉坊ちゃまだ！　里実の母親が父親《ておや》は白金屋の旦那と言ったからには、旦那とは、國哉坊ちゃまだろうが……。ねっ、違《ちげ》ェやすか？　女将さん……」

「…………」

おりきにはなんとも答えられなかった。

確かに、白金屋の嫡男は國哉であるが、後添いに入った女ごが亭主に國哉を廃嫡《はいちゃく》させ、自分の産んだ男子を後継者にしてくれと迫《せま》ったとすれば、白金屋の旦那というのが國哉でない可能性もあるのである。

「えっ、女将さんは里実の父親《てておや》が國哉坊ちゃまじゃないかもしれねえと……」

「いえ、そういうわけではありません。ただ、人の心というものは、他人には計《はか》り知れないものですからね……」

「それはどういうことで……」

達吉が訝しそうな顔をする。

「あっしには女将さんが言われることが解りやす……。先代が白金屋を出た後、國哉さんは継子《ままこ》苛《いじ》めをされたかもしれねえ……。と言うのも、後添いに男の子が生まれていたとしたら、國哉さんは継母《ままはは》にとっては目の上の瘤《こぶ》でしょうからね。やっぱ、ここは白金屋のことを詳しく調べてみるべきなんじゃ……。女将さん、亀蔵《かめぞう》親分に相談してみてはどうでやしょう」

潤三がおりきを窺《うかが》う。

「確かに、潤三の言うとおりです。鶴見村や生麦村は親分の管轄外《かんかつがい》ですが、餅《もち》は餅屋《もちや》……。仲間内の伝手《つて》で調べて下さるかもしれませんからね」

「だったら、早《はえ》ェとこ調べてもれェやしょうぜ！　半月もしたら、里実って娘《こ》がここに来る……。それまでに、里実が先代の孫かどうか判っていたほうがいいのじゃありやせんか？」

潤三が訳知り顔に言うと、達吉がムッとした顔をする。

「おめえ、そりゃどういう意味でェ！」

「だって、仮に、里実って娘《こ》が先代の孫だとすれば、三代目女将はその娘《こ》……。そうなると、おきちさんの身の振り方を考えなきゃなんねえことになる……」

あっと、達吉はおりきに目をやった。

「確かに言えてる……。女将さん、どうするつもりで？　おきちの奴、三代目になるのは嫌《いや》だと口では言ってたが、競争相手、いや、競争相手なんてもんじゃねえや……。どう足掻《あが》いても、太刀《たち》打ち出来ねえ相手が現れたとなると、どう思うだろう……。俺たちゃ、勝手に吉野屋《よしのや》の旦那がおきちのことを気に入っていると思ってるが、何もかもが俺たちの思い過ごしだとしたら、京から戻ったおきちの居場所がなくなっちまう……。おきちは三代目になるのを嫌がっていたとはいっても、この先ずっと、女中の一人でいられるものだろうか……。おい、弱ったぜ。一体《いってえ》、どうしたものか……」

達吉が弱り果てた顔をする。

「だからこそ、里実さんが國哉さんの娘かどうか調べておかなきゃなんねえんですよ。それによって、おきちさんへの対応が変わってきやすからね」

おりきには潤三の言うことが、痛いほどに理解できた。

問題は里実ではなくて、おきちなのである。

三代目女将になるのは嫌だと言った、おきちの言葉……。

それが本心から出た言葉かどうか、現在《いま》は、それすら摑《つか》めないのである。

とは言え、仮に里実が先代の孫娘であったとすれば、何がなんでも、おりきが里実を三代目として仕込まなければならない。

それが、せめてもの、先代への恩返しなのであるから……。

だが、里実が國哉の娘でなかったならば……。

その場合も、里実に女将としての資質《ししつ》があると見れば、おきちの向こうを張って鎬《しのぎ》を削《けず》ってもらわなければならない。

養女だからといって、決して、安閑《あんかん》としていられないのである。

それほど、立場茶屋おりきの女将を務めるのは並大抵《なみたいてい》のことではなかった。

が、まずは、里実の生い立ちを調べるのが先決……。

「解りました。すぐにでも親分に相談してみましょう」

おりきがそう言うと、達吉が不安そうな顔をする。

「あっしにゃ、もう、てめえの気持が解らなくなってきたぜ……。里実が國哉坊ちゃまの娘であったほうがいいのか、そうでねえほうがいいのか……」

潤三が呆《あき》れ果てた顔をする。

「えっ、大番頭さん、あれほど先代の孫娘に逢いてェと言ってたくせして……」

「ああ、言ったさ。言ったがよォ、おきちの気持を思うと切《せつ》なくてよ……」

「まだ、里実さんが先代の孫と決まったわけじゃねえ……。それに、おきちさんだって、三代目になるより嫁に行くことのほうを選ぶかもしれねえんだし……。いや、吉野屋の嫁っていう意味じゃなくて、吉野屋でなくても、女将さんが他に見合った相手を見つけて下さるかもって意味なんで、思い違《ちげ》ェをしねえで下せえよ」

潤三の言葉に、おきちのことで頭を悩ませていたおりきの顔に輝きが戻った。

そうだった……。

おきちを立場茶屋おりきの養女として、誰か見合った相手に嫁《とつ》がせる手があったのである。

だって、あの娘《こ》はあれほど嫁に行きたがっていたのだもの……。

そう思うと、幾分《いくぶん》、おりきの胸は軽くなった。

亀蔵の行動は速かった。

翌日、おりきが白金屋のことについて調べてほしいと頼むと、三日後には、もう結果を運んできてくれたのである。

「判ったぜ、判ったぜ！　驚くなよ、里実って娘な、先代の息子國哉が川崎宿《かわさきしゆく》の茶汲女《ちやくみおんな》に産ませた娘でよ……。但《ただ》し、女ごは國哉の父親國蔵《てておやくにぞう》に手切金を握らされ、二度と國哉に逢わねえと念書《ねんしよ》を書かされたんだが、書いた後に、お腹に赤児《やや》がいることを知ったらしい……。女ごは里江《さとえ》というそうなんだが、金を貰《もら》い念書を書いたからには、身籠《みご》もったからといっても今更《いまさら》どうすることも出来ねえ……。國哉には歴《れっき》とした女房がいたからよ。それも、子安《こやす》のかなりの分限者《ぶげんしや》から貰った嫁で、白金屋は國哉が外に女ごを作ったもんだから慌てたんだろうな。それで、何がなんでも、女ごと手を切らせろ、と里江を追い払ったんだろうて……。ふン、國哉の父親《てておや》というのも因業《いんごう》な男よ！　惚《ほ》れたはれたで先代を嫁に貰ったくせして、姑に嫁いびりされるのを見て見ぬ振りで徹《とお》し、挙句《あげく》、先代に水気《みずけ》がなくなったと見るやぽいと放りだし、今度は息子の女ごにまで、てめえのときと同じように血も涙もねえ仕打ちをするんだからよ！　従って、國哉は里江のお腹に赤児《やや》が出来たことなど、知っちゃいねえ……。知ってりゃどうにかしたんだろうが、里江は國哉に見放されたと思ったもんだから、一人で赤児を産む決意をした……」

まあ……、とおりきが眉根《まゆね》を寄せる。

亀蔵は苦虫《にがむし》を噛《か》み潰したような顔をして続けた。

「ところが、白金屋から貰った金は胴欲《どうよく》な実家《さと》の父親《てておや》に毟《むし》り取られ、里江は大きな腹を抱《かか》えて水茶屋《みずぢゃや》の下働きのようなことをしたそうな……。が、臨月《りんげつ》近くになって水茶屋からも追い出された……。それで、相模川《さがみがわ》に沿《そ》って奥へ奥へと彷徨《さまよ》い歩き、どこかの御堂《みどう》で赤児《やや》を産んだんだが、産婆《さんば》の手にかかってお産したわけじゃなく、手当が悪かったもんだから身体《からだ》が衰弱していく一方で、遂《つい》に、高尾《たかお》山麓《さんろく》の風月庵《ふうげつあん》の手前で倒れちまった……。折良く、恵心尼という尼僧が手を差し伸べてくれたから半月ほどは生きていられたが、半月後、里江は赤児《やや》を遺《のこ》して帰らぬ人に……。以来、恵心尼が里実の親代わりになって育ててきたそうな……。ところが、恵心尼も御年《おんとし》七十三歳……。此《こ》の中《じゅう》、目も脚《あし》も不自由になり、見かねた東福寺の和尚が庵を閉めることを提案し、恵心尼は相模原《さがみはら》の尼寺に引き取られることになったのよ。恵心尼は里実のことを気にして、一緒に連れて行くと言ったそうだが、和尚がそれを止めたそうな……。里実はまだ若い、他の世界も見せてやるべきではないかとな……。それで、里実の身の振り方をあちこちに相談したそうでよ。東福寺の和尚、悦《よろこ》んでたぜ！　妙国寺が立場茶屋おりきほどの旅籠を奉公先に選んでくれたと……」

亀蔵はそこまで話すと、茶を所望《しょもう》した。

「ご苦労さまでした……。けれども、真実が解ってみると、余計《よけい》こそ、虚《むな》しくて切なくて堪《たま》りません。里江さんの気持を思うと、赤児《やや》を遺してこの世を去ることがどんなにか心残りだったことでしょうに……。さっ、お茶をどうぞ」

おりきは亀蔵にお茶を勧《すす》めると、何気なく達吉に目をやり、あっと息を呑《の》んだ。

なんと、達吉が項垂《うなだ》れ、肩を顫《ふる》わせているではないか……。

それればかりか、よく見ると、鼻から垂《た》れた洟水《はなみず》が長く尾を引いている。

「達吉、おまえ……」

おりきがそう言うと、達吉はウウッと嗚咽《おえつ》を洩《も》らした。

「國蔵って男はなんて酷《ひで》ェ男なんだ！　先代の女将さんに冷酷《れいこく》なことをしたかと思ったら、息子の女ごにまで……。あの男はてめえさえよけりゃいいのよ。てめえと白金屋さえ安泰なら、あとは何をしても構わねえとでも思ってるのよ！　あの人畜生《にんちくしょう》め！　俺《おり》ャ、許さねえ……。今すぐにでもあいつの許に駆けつけて、ぶっ殺してやらなきゃ気が済まねえ！」

達吉はそう叫ぶと、洟を啜り上げた。

「おいおい、おっかねえな……。達《たっ》つァん、安心しな。おめえがぶっ殺さなくても、とっくの昔にその男は御陀仏《おだぶつ》となっているからよ！」

「じゃ、國哉坊ちゃまは？　せめて、坊ちゃまに里実が実の娘だということを知らせてやらなきゃ……」

亀蔵は辛《つら》そうに首を振った。

「その國哉も、もうこの世にはいねえ……。心《しん》の臓《ぞう》の発作《ほっさ》で呆気《あっけ》なくこの世を去ったそうでよ……。俺ャよ、鶴見の菊三《きくぞう》親分から知らせを受けて白金屋を訪ね、國哉の女房に、亭主が死んだといっても里実は國哉の娘なんだから、白金屋が引き取るべきじゃねえか、と直談判《じかだんぱん》してみたのよ……。ところが、あの女ご、なんていったと思う？　里江なんて女ごは知らない、亭主からもそんな名は聞いたことがない、女ごの荒唐無稽《こうとうむけい》なまやかしを真《ま》に受けるなんて莫迦《ばか》じゃなかろうか……、と嗤《わら》いやがってよ！　俺ャ、鶏冠《とさか》に来て仕方がなかったが、証拠を出せと言われても何ひとつありゃしねえ……。それで、白金屋を相手にしてもどうにもならねえと諦《あきら》めたってわけでよ……」

亀蔵は苦々《にがにが》しそうに舌を打った。

達吉が再びはらはらと涙を流す。

「國哉坊ちゃまがもうこの世にいねえなんて……。あァん、あァん、終《つい》しか娘にも逢えず、里江が赤児《やや》を産んだことも知らずに死んじまったとはよ……」

「達吉、泣いてばかりもいられませんことよ。すべてが明らかになり、里実さんがわたくしたちに託《たく》されることになったのですからね。わたくしには里実さんがここに来るように先代が仕向けて下さったように思えてなりません……。先代に孫娘を三代目女将に育ててくれと託されたのですよ。託されたからには、なんとしてでも、わたくしたちの手で里実さんを三代目に育てようではありませんか。だから、めそめそしていてはならないのです！　解りましたね？」

「へい……。つい、國哉坊ちゃまのことを考えてしめェやしたが、坊ちゃまはあの世でおっかさんや里江さんに逢えたんだもんな……。へっ、もう、泣きやせん！」

おりきは改めて達吉の先代おりきへの忠誠を見たように思い、ふっと頬を弛めた。

達吉は先代に女将としてより、女ごとして惚れきっていたのであろう。

思えば、達吉の人生は先代おりきに忠義を尽くすことにあり、先代亡き後は、跡を継いだおりきに尽くし、今また、里実に尽くそうとしているのである。

が、ものは考えよう……。

潤三に旅籠の番頭の座を譲《ゆず》り渡し、一見、目標を失ったかに見えた達吉に、里実という新たに尽くす相手が出来たのであるから、これでもう、いつお迎えがきても構わないとは言わなくなるだろう。

「ところで、里実はいつここに来るって？　俺ャ、高尾の風月庵にも脚《の》を延ばしてみようかと思うことは思ったんだが、そこまで差出《さしで》してもと思い直し、戻って来たんだがよ……」

　亀蔵が茶をぐびりと飲み干《ほ》す。

「妙国寺の住持が言われるには、半月ほどしてということでしたから、さあ、十日ほど先のことではないでしょうか」

「なに、十日も待つこたァねえ……。住持が半月と言ったのは、妙国寺から東福寺へと話が廻り、恵心尼のところまで辿《たど》り着くのにそれだけかかるということなんだろうが、俺が東福寺に話をつけておいたからよ……。和尚はすぐさま文にて恵心尼に知らせたに違《ちげ》ェねえ……」

　亀蔵がそう言うと、達吉がパッと目を輝かせる。

「てこたァ、あっしが里実さんを迎えに行ってもいいってこと……。女将さん、明日《あした》から暫く、あっしに暇をくれやせんか？　あっしの脚なら高尾まで二日はかかるだろうから、里実さんを連れて戻るには四日ほどみてもらわなきゃなんねえが、そのくれェなら、潤三一人で仕切れると思いやすんで……」

なんと現金なもので、僅《わず》かの間に、達吉が十歳も若返ったように見えるではないか……。

おりきはふわりとした笑みを返した。

「ええ、いいですとも……。気をつけて行ってきて下さい」

「達つァん、大丈夫《でえじょうぶ》か？ 麓といっても、山道は険《けわ》しいからよ」

亀蔵がちょっくら返す。

「大丈夫《でえじょうぶ》ってことよ！ なに、たまには歩くほうが身体にゃいいんだ。俺ャ、俄然《がぜん》、張り切ってきたぜ……。歳だなんて言っちゃいられねえ！」

そこに、潤三が帳場に入って来た。

「おっ、丁度《ちょうど》良かった！ 潤三、俺ャ、明日から四日ほど旅籠を留守にするからよ。あとを頼んだぜ！ 俺がいねえとなったら、旅籠だけでなく茶屋の帳簿も見なくちゃならねえが、大丈夫《でえじょうぶ》だな？」

潤三が目を瞠《みは》る。

「えっ、じゃ、やっぱ、大番頭さんが里実さんを迎えに行かれるんで？」

「ああ、そういうこった！ あと十日も待っていられねえからよ」

「…………」

潤三が開いた口が塞《ふさ》がらないといった顔をする。

「残暑が厳しいってのに、大丈夫《でえじょうぶ》かな……」

「なに、潤さんよ、案じるこたァねえ！　現在《いま》の達つァんは五歳も十歳も若返ってるんだからよ。やりてェようにやらせてやるこった……」

亀蔵がそう言うと、達吉は大仰《おおぎょう》にうんうんと頷いた。

おりきも目を細める。

里実はどんな女ごなのであろうか……。

先代おりきに面差しが似ているのであろうか……。

が、哀《かな》しいかな、咄嗟《とっさ》には先代おりきの顔が浮かんでこない。

嫌だ、どうしたことだろう、わたくしとしたことが……。

おりきは狼狽えた。


「大番頭さん、今頃どこら辺りを歩いてるんでしょうかね？」

潤三が台帳《だいちょう》に目を通しながら、ぽつりと呟《つぶや》く。

「さあ……。どちらにしても、今宵《こよい》は東福寺に泊《と》めてもらい、明朝早く高尾に向けて出立《しゅったつ》するのでしょうからね」

「てこたァ、今時分は川崎宿辺りでしょうかね……。けど、旅籠じゃなくて東福寺に泊めてもらうように女将さんが手配なさってようございやしたね。いきなり風月庵を訪ねるより、東福寺の和尚から話を聞いておいたほうがいいですからね」

「大凡《おおよそ》のことは親分から聞いているといっても、もう少し詳しく聞こうと思えば、東福寺の和尚に訊ねるのが一番ですものね」

「そりゃそうと、今朝、甲本屋《こうもとや》の番頭さんに街道で出会《でくわ》したんでやすが、甲本屋では三人目の赤児《やや》が生まれたそうで……。これが、またもや女ごの子！　しかも、七夕《たなばた》の日に生まれたもんだから、七織《ななお》と名付けたとか……。番頭さんの話では、今度こそ男の子をと願掛《がんか》けやお百度詣《ひゃくどまい》りまでした旦那が、えらいこと落胆《らくたん》したそうでやしてね。甲本屋は代々婿《むこ》取りで、余程、男子には縁がねえとみえやすね……」

「まあ、そうでしたの。けれども、大丈夫ですよ。甲本屋の旦那さまは二人目のときも女ごの子で落胆なさったようですが、日が経つにつれ可愛《かわい》くて堪らなくなったそうですもの、きっと、今に三人目の女ごの子も目の中に入れても痛くないほど可愛くなられるでしょうよ……。けれども、七夕の日に生まれるなんて……。きっと、字の上手《ま》い娘にお育ちでしょうよ。七織という字は七夕の七と、織姫《おりひめ》の織という字を書くのでしょうね。なんて良い名前なのでしょう！」

おりきが目を細める。

甲本屋夫妻は名前をつけるのが実に上手い。

長女のお智《ち》佳《か》の場合は、頭が良くて美しくなれとの意味を込めて貴之助《きのすけ》がつけたといい、次女のお佐《さ》保《お》は貴之助がいつまで経ってもつけようとしないのに痺《しび》れを切らした女房のお延《のぶ》が、佐《さ》保《お》姫《ひめ》に因《ちな》んで佐保とつけたというが、では、三人目の七織はどちらがつけたのであろうか……。

「三人目が七夕に生まれたとすると、百日《ももか》の祝いは十月の半《なか》ば頃ってことか……。季候も良いし、海の幸山の幸と豊富《ほうふ》なときでようございますね」

まだ甲本屋から頼まれたというわけでもないのに、潤三はもう胸算用《むなざんよう》しているようである。

「潤三ったら、気の早いことを……」

おりきは苦笑《くしよう》した。

「女将さん、巳之吉《みのきち》でやす」

板場側から声がかかる。

おやっと、おりきが訝しそうな顔をして障子《しょうじ》に目をやる。

今宵の夕餉膳《ゆうげぜん》の打ち合わせは既《すで》に済ませたはず……。

それなのに、再び帳場に顔を出すとは、では、献立《こんだて》に何か変更があるとでも……。

「お入りなさい」

巳之吉が障子を開けて入って来る。

「どうしました？」

「ええ、それが……。ちょいとお話ししておきてェことがありやして……」

「まあ、そんなところにいないで、もう少し傍《そば》にお寄りなさい。今、お茶を淹《い》れますので……」

巳之吉が長火鉢《ながひばち》の傍まで膝行《しっこう》してくる。

「あっしは外《はず》したほうがようございますか？」

潤三が気を兼ねたように言うと、巳之吉が首を振る。

「潤《じゅん》さんにも聞いてもらいてェ……。現在《いま》じゃ、おめえが旅籠の番頭なんだからよ。実は、連次《れんじ》のことなんでやすがね……」

「連次の？」

おりきがお茶を淹れる手を止める。

「それが、今月いっぱいでここを辞《や》めてェと言い出しやして……。なんでも、千住《せんじゅ》で居酒屋をやっている兄貴が身体を毀《こわ》したとかで、自分が戻って見世を立て直し、気の利《き》いた料理の出せる小料理屋にしてェと……。そんなことを言い出したのが一廻り（一週間）ほど前《めえ》のことでやしてね。あっしも連次が身内を助《す》けてェというのなら、止めるべきじゃねえと思ってやした。ところが、此の中、仕入れの供は福治《ふくじ》に委せっぱなしだった連次が、今朝、自分もついて行くと言うもんだから連れて行きやしたんで……。するてェと、魚河岸《うおがし》に着くや、いつの間にか連次の姿が消えやしてね……。だが、あっしや福治はセリから目が離せねえ……。それで、まっ、あいつがいてもいなくても同じことよと気にも留《と》めず仕入れを続けてたんだが、さあ、帰《けえ》ろうかって段になって、やっと姿を現しやしてね……。連次が言うには、あっしらを見失ってしまい、あちこちと捜《さが》し歩いてたと……。ところが、あとで追廻《おいまわし》が耳打ちしてくれやしてね。追廻が言うには、連次の奴、山吹亭《やまぶきてい》の御亭《ごてい》と何やら話し込んでいたというんでやすよ。それも人目《ひとめ》を避《さ》けるようにして、ひそひそ話をしていたと……。それを聞いて、あっしはピンと来やした……。山吹亭が連次を引き抜こうとしているのだと……。大方《おおかた》、立場茶屋おりきにいたのでは、いつまで経っても煮方《にかた》のままだが、山吹亭に来ればすぐにでも花板《はないた》にしてやるとでも言われたんでしょう。そう考えてみると、どこかしら符帳《ふちょう》が合うような気が……。あいつ、福治が日増《ひま》しに腕を上げるもんだから、面白《おもしろ》くねえのじゃねえかと……。連次にしてみれば、市造《いちぞう》が板脇《いたわき》でいるのは構わねえ……。と言うのも、相変わらず味覚が戻らねえ市造は板脇とは名ばかりで、連次は自分が板脇にでもなった気分でいやすからね。ところが、福治が腕を上げてきた。そうなると、おちおちとしていられなくなったってわけで……。それで、福治にてめえの座を奪《うば》われるのじゃなかろうか、だったら、その前《めえ》にてめえのほうから出て行ってやると、そう思ってるんじゃねえかと……」

おりきが眉根を寄せる。

「聞いていると、なんだか穏《おだ》やかな話ではありませんね。けれども、それは巳之吉の推測で、連次がそう言ったというのではないのでしょう?」

いやっと、巳之吉が首を振る。

「さっき、連次を質《ただ》してみたんでやすよ……。と言うのも、山吹亭からそんな話があるのだとしたら、隠したところで、どうせいつかは暴露《ばれ》てしまうことですからね。歩行新宿《かちしんしゅく》と門前町が離れているといっても、同じ品川宿だ。噂《うわさ》が伝わるのは速《はえ》ェ……。

それで、連次に本当のところを言ってみなと質したところ、あいつ、白状《はくじょう》しやした……。山吹亭の御亭から花板にしてやるので、立場茶屋おりきの献立や風味合を盗んでこいと言われていると……」
「まあ……」
「よくもそんな卑怯《ひきよう》な真似《まね》を！」
おりきも潤三も、蕗味噌《ふきみそ》を嘗《な》めたような顔をした。
「それで、巳之吉はなんと言ったのですか？」
「あっしは連次に本当に山吹亭に行きてェのかと訊ねやした。するてェと、あいつは
あっさり行きてェと答えやしてね。それで思ったんでやすよ。こんな奴、あっしの下
にいてもらいたくねえと……。あっしの献立や風味合を盗むだって？　冗談じゃね
え！　あいつにゃ、どう逆立《さかだ》ちしようと盗めっこねえ……。そりゃ、似たような料理
は作れるかもしれねえが、料理に対する思い入れが違う……。それが解らねえ奴は、
どこにいようと美味《うめ》ェ料理、客に悦んでもらえる料理は作れやしねえからよ。だから、
言ってやりやしたよ。山吹亭でもどこにでも、行きてェところに行ってくれと……。
それで宜《よろ》しかったですよね？」
巳之吉がおりきの目を瞠《みつ》める。
おりきは慌てた。

巳之吉がそれでよいと言っているのだからそれでよいのだが、連次に抜けられると板場が困るのではなかろうか……。

「板場のことはおまえに委せています。巳之吉がよいと言うのであれば、わたくしに異存《いぞん》はありませんが、煮方がいないと困るのではありませんか?」

「福治を煮方に上げ、政太《せいた》と昇平《しょうへい》を焼方《やきかた》にと思ってやす……。二人とも、随分永《ずいぶんなげ》ェこと追廻のままでいやしたからね。そろそろあの二人にも活躍の場を与えてやらねえと……。それにね、女将さん、福治は良い板脇になりやすぜ。いや、板脇というより、いずれ、板頭《いたがしら》の座をあいつに譲ってやってもよいかと思っていやす」

巳之吉がそう言うと、潤三が慌てて割って入る。

「巳之《みの》さん、てんごうを！　立場茶屋おりきは巳之さんが板頭だから、客に満足してもらっているんじゃねえか……」

巳之吉がふっと片頬《かたほお》を弛める。

「何も、今すぐって話じゃねえから安心しな。だが、あっしもいつまでも若かァねえ……。老《お》いて包丁《ほうちょう》を握れなくなったり、献立を考えようにも頭が廻らなくなってみな?　そのとき慌てても仕方がねえから、今後は後継者《こうけいしゃ》を育てることに努《つと》めようと思ってよ……。が、哀しいかな、これまではこの男ならと思える男に巡《めぐ》り逢えなかった……。それが、福治という逸材に出逢えたんだもの、あいつを仕込まないでどうしようか……。そんな理由《わけ》なんで、女将さん、番頭さん、納得して下せえやすか？」

巳之吉が頭を下げる。

「解りました。わたくしは口を挟《はさ》むのを止しましょう」

「じゃ、あっしはこれで……。あっ、大番頭さんの姿が見えねえと思ったら、そっか、先代の孫娘を迎えに……。先代の孫娘がここに来るってことは、三代目女将は決まったようなもの！　女将さんの跡を継ぐのが先代の孫娘で、あっしの跡が福治……。そして、大番頭さんの跡が潤さんか……。こうして、代替《だいが》わりしていくんでやすね」

巳之吉はおりきを食い入るように瞠めた。

その目は、これでようございますね、と言っているようだった。

おりきも巳之吉に目を据え、無言のまま頷く。

巳之吉が帳場を出て行くと、潤三がふうと太息《ふといき》を吐いた。

「代替わりなんて、どことなく心寂《うらさみ》しいもんですね。あっしは現在《いま》のままの立場茶屋おりきが好きなのに……」

「いつまでも現状が続くわけがありません。何事にも終わりはあるものです。だからこそ、そのときになって慌てないように、こうして前もって準備をしておかなければならないのですよ」

「…………」

「それより、わたくしにはもう一つ危惧《きぐ》することがありましてね」

「もうひとつの危惧？」

「山吹亭のことです。連次が行く気になっているのなら仕方がありませんが、山吹亭には以前茶屋の追廻をしていた又市《またいち》が酷《ひど》い目に遭《あ》っていますからね……。連次も御亭から甘い言葉をかけられその気になっているようですが、あんな見世に行って大丈夫かと思って……」

潤三が怪訝《けげん》な顔をする。

「酷《ひで》ェ目って……」

「数年前に、ほら、その頃は潤三も堺屋《さかいや》にいたので知っているでしょうが、隣の茶飯《ちゃめし》屋《や》から出火しうちの茶屋までが類焼《るいしょう》したのを憶《おぼ》えているでしょう？　あのとき、茶屋を再建するまでの間、茶屋衆《ちゃやし》をさまざまな見世に分けて預けていたのですが、又市だけが門前町、南本宿に適当な見世が見つからず、仕方なく歩行新宿の山吹亭に預けたのですがね……」

又市は山吹亭で酷い扱いを受け、結句、一月《ひとつき》しか保《も》たず、賭場《とば》の遣《つか》い走《ぱし》り捨吉《すてきち》の誘《さそ》いに乗ってついて行ったのであるが、賭場での仕来りを知らない又市は、遣い走りの駄賃《だちん》を自分のものと錯覚《さっかく》し、そのすべてを懐《ふところ》に収めてしまったのである。

あのとき、又市が賭場の三下《さんした》や用心棒《ようじんぼう》たちに暴行を受け死にかけていると知らせに来た捨吉は、おりきにこう言った。

「駄賃は一文残らず、代貸《だいが》しに渡すのが決まりでやした。代貸しが駄賃の半分を取り、残り半分を三下や用心棒で分け、走り《ばし》の懐に入《へえ》るのは、せいぜい、南鐐一枚《なんりょういちめえ》がいいところ。ときには、一文も貰えねえこともありやした。ところが、あっしはうっかりして、又市にそのことを伝えていなかった……」

又市は仕置《しお》きとして賭場の全員から殴《なぐ》る蹴《け》るを続けられ、遂に、息も絶《た》え絶《だ》えとなり、ぴくりとも動かなくなってしまったのだった。

が、それでも、知らせを聞いておりきが駆けつけるまで、又市は生きていてくれたのである。

だが、臓腑《ぞうふ》まで傷ついた又市は既に手後《てお》れ……。

おりきは又市が事切《こときれ》れる最期《さいご》の最期まで、手を握り締《し》め、語りかけることを止めようとしなかった。

「又市、堪忍《かんにん》だよ。女将さん、おまえのおっかさんになるなんて偉そうなことを言ったのに、護《まも》ってあげることが出来なかったね」

「又市、後生《ごしよう》です。目を開けておくれ！　茶屋もあと僅かで完成するのですよ。そうしたら、また、一緒に働こうと約束したではありませんか。板頭も茶屋番頭の甚助《じんすけ》もおよねもおまきも、皆、皆、又市のことを待っているのですよ」

だが、何を語りかけても、又市は終しか口を開くことも、目を開けることもなく、その夜、二十一歳の生涯を閉じた。

「そんなことがあったんでやすか……。可哀相《かえいそう》に、二十一と言ャ、まだやりてェことの何ほどもやってねえというのによ。けど、なんで、又市は山吹亭を一月《ひとつき》で辞めちまったんだろう……」

潤三が首を傾げる。

「亀蔵親分の話では、山吹亭は台屋《だいや》に毛が生《は》えたような料理屋で、そこに立場茶屋おりきから雇人《やといど》（臨時雇い）が入ったものだから、やっかみ半分、苛《いじ》めたそうですの……。野菜や皿の洗い方からご飯の炊《た》き方まで、根から葉から難癖《なんくせ》をつけ、そればかりか、又市が最後まで板場の片づけをして、さあ賄《まかな》いを食べようと思ったときには、お櫃《ひつ》の中にご飯粒《はんつぶ》一つ残っていなかったそうですの……。可哀相に、又市は空腹《からはら》を抱えて、深夜、清水井《しみずい》の脇で泣いていたそうです。そこに、たまたま賭場の走りをしていた捨吉さんが通りかかり、声をかけた……」

「ああ、それで、又市も走りの仲間に……。なんと、遣《や》り切れねえ話でやすね」

おりきが頷く。

「ですから、連次の場合も大丈夫なのかと思って……」

「女将さん、そこまで心配《しんぺえ》しなくとも……。又市の場合は、行きたくて山吹亭に行ったわけじゃなく、茶屋の都合《つごう》で廻されたんだから、女将さんが慚愧《ざんき》の念に堪《た》えねえのも解るけど、連次は自分の勝手で、しかも、立場茶屋おりきに後足《あとあし》で砂をかけるようにして出て行くんだからよ……。これじゃ、酒買って尻切られる（恩を仇《あだ》で返す）ようなもんだ！　これから先、連次に何が起きようと知ったことじゃねえ！」

まあ……、とおりきは目を瞬《しばた》いた。

何があろうと冷静沈着《れいせいちんちゃく》で動じない潤三が、切って捨てたかのように、こんな物言いをするとは……。

達吉は相模川沿いに出ると、相模原を目掛けて歩いて行った。

歩きながら、昨夜、東福寺の和尚から聞いた恵心尼の数奇《すうき》な運命を思い起こす。

和尚の話によると、恵心尼は出家《しゆつけ》するまで、さる大名の側室《そくしつ》に仕《つか》える腰元《こしもと》だったそうである。

「その大名には五人の側室がいて、それぞれが女子をなしたのだが、元来、蒲柳《ほりゆう》の質《しつ》の正室《せいしつ》には子が出来ず、側室の一人がやっと男子をあげたと思ったら、恵心尼が仕えるお春《はる》の方が半年後に男子を産み落とし、その直後、息を引き取ったそうな……。可哀相に、その赤児《やや》は生まれて間なしに母なし子となってしまった……。恐らく、恵心尼はかくなるうえは自分が乳母《うば》となり殿のお子を育てようと思ったのであろうな……。ところが、恵心尼は他の側室たちが良からぬ相談をするのを耳にしてしまったのよ。お世継《よつ》ぎは半年前に生まれた若君と既に決まったこと……、それに、今後、他の側室に男子が生まれるかもしれないのに、お春の方が産んだ男子をこのままにしておけない、殿さまと赤児《やや》の対面が済んでいない現在《いま》なら、赤児《やや》を始末し殿さまには死産だったと告げることが出来るのではなかろうか……、とそう話していたというではないか。恵心尼はそれを聞いて前後を失い、とにかく赤児《やや》の生命《いのち》を護らなければと赤児《やや》を胸に中屋敷から抜け出した……。ところが、逃げ出したのはいいが、赤児《やや》を産んだことのない恵心尼にはどうすることも出来ない……。貰い乳をしようにも、どこを訪ねて行けばよいのか判らないまま、当て所なく夜の巷を彷徨っていたところ、赤児を抱いた腕に異常を感じた……。赤児《やや》がくすりとも言わなければ動くふうでもなく、ハッとおくるみを捲《めく》って赤児《やや》の鼻に手を当てたところ、息をしていなかったというのよ……。恵心尼は愕然《がくぜん》としたそうでな。自分が連れ出さなければ赤児《やや》は生きていたかもしれないのに、生まれたばかりの赤児《やや》を連れ回したせいで死なせてしまった、自分がこの子を殺してしまったのだと……」

和尚は辛そうに眉根を寄せると、溜息《ためいき》を吐いた。

「けど、恵心尼がお屋敷から救い出さなかったら、赤児《やや》は側室たちの手で鼻を塞がれていたんでやしょう？　恵心尼はそうはさせまいと思って連れ出したんだ……。赤児《やや》の生命《いのち》が尽きたのは、恵心尼のせいじゃねえ！　きっと、その子はそうなる宿命《さだめ》にあったんだ。俺ャ、そう思いやす！」

達吉はとても口を閉じていることが出来ず、思わず声を荒らげた。

「ああ、拙僧もそう言った……。と言うのも、これも多生《たしょう》の縁とでもいおうか、たまたまその日、築地《つきじ》本願寺《ほんがんじ》に用があり江戸に出掛けたのだが、帰路《と》、まるで魂《たましい》を抜き取られたかのようにとぼとぼと前を歩く女ごに目を留め、声をかけたのが恵心尼でな……。今思えば、あそこであの女《ひと》に出会《でくわ》したというのも、御仏《みほとけ》の思《おぼ》し召《め》し……。それからですよ、恵心尼との縁は……。赤児《やや》をどうしたかですと？　ああ、ここ、東福寺で眠っていますよ」

「ところで、さる大名とは？」

達吉が訊ねると、和尚は困じ果てた顔をして、いや、それは申し上げないことに致しましょう、と言った。

「あの女《ひと》は今後は仏門《ぶつもん》に入り、亡くなったお春の方と赤児《やや》の御霊《みたま》を弔《とむら》いたいと言われてな……。それで、鎌倉《かまくら》の英勝寺《えいしょうじ》で出家されたのだが、さあ、もう四十年にもなりますかな？　英勝寺から離れて高尾山の麓に庵を構えられたのは……」

「たった一人で？」

「ああ、一人だ……。さぞや、思うところがおありになったのだろう……。ところが、十六年ほど前に便りを貰いましてな。その文によると、あることがあり、生後間なしの女児を我が手で育てることになった、思うに、こうなったのは、あのとき若君を死なせてしまったが、もう一度、やり直してみろ、と御仏が自分を試《ため》されているのだと……、それ故《ゆえ》、その娘が独《ひと》り立ち出来るようになるまでは、老体を鞭打《むちう》ちやり遂《と》げてみせましょうぞ……、とあった……。何ゆえ、恵心尼がその娘を引き取ることになったのか詳しいことまでは書かれていなかったが、拙僧は御仏に手を合わせましたぞ……。御仏に仕える身といっても、五十路を疾うに過ぎた女ごがたった一人で生きていくのは辛くて寂《さみ》しいものですからな。が、赤児《やや》が一人前になるまで育てるという使命を与えられたのです……。これで恵心尼にも張りが出るのではないかと思いましてね」

「和尚はその娘にお逢いになったことがあるのですか？」

「いや、それがないのよ……。よって、その娘の素性《すじよう》も今日まで知らなかった。おまえさまに教えられて初めて、その娘が生麦村の中庄屋白金屋の縁続きと知ったわけです。そうですか、あの白金屋のね……」

「知ってるんで？　白金屋を……」

「それは知っていますよ……。白金屋ほどの身上《しんしよう》だ。この辺りで知らない者はまず以《もつ》ていないでしょう。現在《いま》はもう亡くなってしまったが、先代の國蔵という男《ひと》は女遊びが派手《はで》でしたからな。確か、小作人の器量《きりよう》よしの娘を見初《みそ》め、強引《ごういん》に嫁にしたかと思ったら、嫁と姑の反《そ》りが合わないのを口実《こうじつ》に女遊びを始め、嫁が嫡男を産むや三行半《みくだりはん》……。あっ、その女《ひと》がおまえさんの女主人《おんなあるじ》、おりきさんなのですね？　で、おりきさんは息災《そくさい》ですかな？」

「いえ、もう随分前に亡くなりやした……。現在《いま》の女将は二代目のおりきさんで、と言っても、先代の娘ではなく、先代が心《しん》から惚れ込み二代目に……。実は、この二代目女将はお武家の出でしてね。西国《さいごく》生まれなんでやすが、事情があって品川宿門前町まで流れてきて、先代に拾われたというわけで……。これが実に出来たお方で、あっしは先代に引き続き、現在《いま》の女将さんをお慕《した》いしておりやす」

和尚が目を細める。

「で、その方にお子は？」

「いえ、周囲《まわり》がどんなに勧めても、所帯を持とうとされやせんので……。好いた相手はいるんですがね。こればかりはあっしらが気を揉《も》んでもどうしようもなくて……。恐らく、女将さんには先代から見世を預かっているという想《おも》いがおありなのでしょうよ。だから、ご自分が所帯を持ち、我が子に見世を継がせるべきじゃねえと……。けど、こうして先代の孫娘がこの世にいることが判ってみると、どこかしら、何ゆえ女将さんが所帯を持とうとされなかったかが解るような気が……。いや、ここだけの話なんでやすがね。実は、女将さんもそろそろ後継者のことを考えなければと思ったのか養女を貰い、その娘《こ》を三代目にしようと女将修業をさせていたんでやすよ……。ところが、その娘《こ》が三代目になることにあまり乗り気じゃねえ……。これは弱ったと頭を抱えていたところに、先代の孫娘がこの世にいることが判った……。ねっ、思いやせん？　これは、なるべくしてなったこと……。あっしには、先代があの世からこうなるように仕向けられたんじゃねえかと思えてなりやせん！」

「ほう……」

和尚が感慨深そうな顔をする。

「成程、そうかもしれませんな。ところで、先代の息子、つまり、その娘の父親《てておや》はどう言っているのですか？」

「あっ、ご存知なかったんで？　いえ、数年前に亡くなったとかで、現在《いま》の白金屋の当主は國哉坊ちゃまの息子だそうで……。ねえ、聞いて下さいよ！　実は、その後の白金屋がどうなったのかと、高輪《たかなわ》の親分がわざわざ訪ねて下さったんでやすがね。國哉坊ちゃまの内儀《ないぎ》というのが権高《けんだか》い女ごで、里江なんて女ごは知らない、うちの亭主の子を身籠《みご》もったなんて、そんな荒唐無稽なまやかしを真に受けるなんて莫迦じゃないか、と鼻で嗤ったというじゃねえか！　てんごう言ってんじゃねえや！　だがよ、考えてみれば、寧《むし》ろ、そのほうが好都合《こうつごう》ってもんでよ。これで、白金屋とはきっぱり縁が切れ、立場茶屋おりきは堂々と里実を引き取れるってもんでやすからね」

「そうですか、これで話の全容《ぜんよう》が見えてきました……。成程、おまえさんが言われるように、これは、先代のおりきさんがこうなるように仕向けられたのかもしれませんな。で、明日、風月庵に行かれたら、すぐさま里実という娘を連れ帰られるつもりで?」

「明日はあっしも庵に泊めてもらうつもりでやす。それで、明後日《あさって》の晩のことでやすが、もう一度、ここに泊めてもらうわけにはいきやせんかね?」

「明後日の晩? ああ、構いませんよ。では、拙僧も里実さんに逢えるのですな……。恵心尼が手塩《てしお》にかけて育てた娘だ。さぞや、良き娘であろうな。が、そうなると、急いで恵心尼の身の振り方を手配しないとな……」

「相模原の尼寺にお移りになるとか……」

「いや、最初《はじめ》はそう思っていたが。相模原も恵心尼とおっつかっつの高齢なのでな。それで、鎌倉の英勝寺が引き取ると言ってきた……。では、早速《さっそく》、そちらも急ぐように文を書かねばなりませんな」

「なんだか、恵心尼と里実さんの仲を裂《さ》くようで、申し訳ねえな……」

「なに、里実さんを手放すと決断を下されたのは、恵心尼でな。恐らく、恵心尼も寄る年波《としなみ》を考え、現在《いま》が里実さんを手放す秋《とき》と思ったのだろうて……」

昨夜、和尚と達吉の間で、そんな会話が交《か》わされたのである。

それにしても、恵心尼という女《ひと》はなんて凜然《りんぜん》とした女ごであろうか……。

達吉は恵心尼の生き様が、どこかしらおりきに似ているように思った。

御仏に仕える立場と、立場茶屋おりきの女将として客や店衆に接する立場は違っても、内に流れるものは同じ……。

何があろうとも怖《お》めず臆《おく》せず、毅《き》然《ぜん》としていなければならないのである。

達吉は川風を受けながら、北上した。

さわさわと風が頰を撫《な》でていき、鳥の声、蟬《せみ》の声が心の襞《ひだ》を揺さぶってくる。

その中で、ヒョロヒョロ、ヒュルル、ヒヒヒ……、とひと際《きわ》声高く、澄《す》んだ声が聞こえてきた。

まるで、笛《ふえ》でも吹いているような透明《とうめい》な声音《こわね》……。

河鹿《かじか》である。

品川宿では殆《ほとん》ど目にすることが出来ないが、それほど山深く入って来たということだろう。

達吉は脚を止め、暫《しば》し、河鹿の声に聴《き》き惚れた。

ヒョロヒョロ、ヒュルル。ヒヒヒ……。

気づくと、達吉は涙ぐんでいた。

なんでェ、こりゃ……。

達吉は涙ぐんだことに狼狽えてしまい、指先で目頭《めがしら》を拭《ぬぐ》うと、誰が見ているというわけでもないのに、へへっと照れ笑いした。

現在《いま》では、一匹に誘われ、川辺《かわべ》は河鹿の大合唱……。

達吉は深呼吸すると、再び歩き始めた。

風月庵は高尾山の麓にあった。

川沿いの道から雑木林《ぞうきばやし》の中に脚を踏み入れると、うねうねとうねった小径《こみち》が続き、その先に庵らしき小屋が見えてきた。

薪小屋《まきごや》といってもよいほどの陋宅《ろうたく》である。

柿葺《こけらぶ》きの屋根に小石が載《の》せてあり、ひと目で、世帯が詰まらぬ（暮らし向きが立たない）ことが見て取れた。

井戸の近くで、十七、八歳の娘が茣蓙《ござ》に坐り、枝豆《えだまめ》の莢《さや》から豆を毟《むし》っている。

背を向けているので達吉が近づくのに気づいていないようだが、恐らく、あの娘が里実であろう。

「ここが風月庵と見たが、違うか？」

達吉が声をかけると、娘がはっと振り返る。

その刹那、達吉の胸がきやりと音を立てた。

おりきさん……。

まさに、娘時代の先代おりきがそこに……。

「はい。ここが風月庵ですが、何か……」

里実が円《つぶ》らな目を瞬く。

なんと、驚いたときの表情までがそっくりとは……。

達吉はおりきが十五、六歳の頃から恋《こ》い焦《こ》がれてきたのである。

この娘が十八になったら、思い切って嫁に来ないかと言ってみよう……。

そう思っていたのに、気づくと、おりきは中庄屋の若旦那國蔵の女房に……。

小作人風情《ふぜい》と中庄屋の若旦那とでは、勝負にならない。

その日から、達吉は遠目《とおめ》におりきを眺《なが》め、ただただ、幸せに暮らしてくれることを願ってきたのである。

ところが、小作人の娘を嫁にしたのが気に入らない姑はおりきを嫁とは認めず、まるでお端女であるかのような扱いをし、達吉はおりきが見る見るうちに窶《やつ》れていくのを見ていられなかった。

が、もっと許せないのは、國蔵である。

あれほど熱に浮かされたようにしておりきを掻《か》っ攫《さら》っていったくせして、おりきが嫁いびりされるのを見て見ぬ振りをして、挙句、窶れたおりきの姿を見ていられないとばかりに、南本宿《みなみほんしゅく》で夜な夜な女郎買《じょろうか》いに走るとは言語道断《ごんごどうだん》!

が、それを見た姑の取った行為はもっと許せない。

息子の國哉をおりきから取り上げると、二度と亭主や息子に近寄らないと退状を書かせ、鶴見村横町の茶屋を退代として買い与え追い出したのであるから……。

達吉は居ても立ってもいられなかった。

水商売なんて一度もしたことのないおりきに、旅雀《たびすずめ》や渡世人《とせいにん》の相手など出来はしない。

誰かが傍にいて、おりきが茶屋の女将を務められるように庇《かば》ってやらなければ……。

達吉は白金屋の小作人を辞めると、おりきの後を追った。

気づくと、いつの間にか番頭のような立場になっていて、おりきが横町から品川宿門前町に移り立場茶屋を出してから今日までずっと、見世を護り続けてきたのである。

達吉にとって、先代おりきは生涯の思い人……。

先代亡き後、二代目おりきの代になっても未《いま》だに達吉の心の中には、先代おりきが生き続けているのだった。

その先代が、孫娘の姿になり戻って来てくれた……。

「どうかしましたか？」

里実が達吉の茫然《ぼうぜん》とした顔を見て、訝しそうに訊ねる。

「どなたか客人ですか？」

小屋の中から声がした。

「あっ、申し訳ありやせん！　突然、訪ねて来てしめえやして……。あっしは品川宿門前町の立場茶屋おりきの大番頭を務める達吉という者でやすが……」

達吉が声を張り上げると、里実があっと息を呑んだ。

「では、あなたさまが立場茶屋おりきの……。ええ、東福寺の和尚さまから文を頂《いただ》いています。けれども、こんなに早くお見えになるとは……。恵心尼さま、立場茶屋おりきの大番頭さんですのよ」

里実が奥に声をかけると、どうぞ、お上がり下さいませ、と静かな声が返ってきた。

「むさ苦しいところですが、どうぞお入り下さいませ」

里実が先に立ち、達吉を玄関へと案内する。

その後《うし》ろ姿に、またもや、達吉の胸に熱いものが込み上げてきた。

畦道《あぜみち》を歩くおりきの後ろ姿を、幾たび、憧《あこが》れの目で瞠めたであろうか……。

終しか、おりきに胸の内を打ち明けることはなかったが、それでも、達吉はおりきを支え続けられたことを幸せに思っている。

これからは、この娘を支えることが自分に与えられた使命……。

そうよ、だから老いたなんて言っちゃいられねえんだからよ！

達吉はそう自《みずか》らに言い聞かせると、玄関を潜った。

七十路《ななそじ》を過ぎた老尼《ろうに》が床に手をつき、深々と頭を下げていた。

「遠路《えんろ》はるばるよく訪ねて来て下さいました。さっ、どうぞ、お上がり下さいませ。狭《せま》くてむさ苦しいところですが、これでも一応庵ですので、御仏の前でお話ししとうございます。里実、お茶をお出しして下さい」

恵心尼は脚が悪いのか、片脚を引き摺《ず》るようにして、仏壇の前に案内した。

「お座《ざ》布《ぶ》団をどうぞ……」

「へっ、こりゃどうも……。実は、女将さんから土産《おみや》を託《ことづ》かっておりやして……」

「まあ、それは恐縮にございます。お気持ですので、有難《ありがた》く頂戴《ちょうだい》いたしますね。これは……」

恵心尼が菓子箱を手にし、目に近づける。

どうやら、よく目が見えていないようである。

「越乃雪《こし》という、越後《えちご》の菓子だそうで……」

「まあ、干菓子《ひがし》ですのね。こんな高価な菓子を……。何十年ぶりでしょうか、このような上等な菓子が頂けるのは……」

「お開けしましょうか？」

茶を運んで来た里実が言う。

「その前に、御仏にお供《そな》えして下さい。わたくしたちはそのお流れを頂きましょうね。さっ、大番頭さん、お茶をどうぞ！」

「へっ、頂きやす」

里実が仏壇に干菓子を供え、手を合わせる。

達吉が目を細める。

「立派な娘ごにおなりで……」

「里実のことをご存知で？」

「ああ、大体のことは品川の妙国寺の住持や東福寺の和尚から聞きやした。実は、昨夜は東福寺に泊めてもれェやして……」

「まあ、そうでしたの。では、改めて、わたくしが里実の生い立ちを話すことはないのですね？　少しばかり安堵いたしました。いえね、里実には何もかもを話していますが、現在《いま》、里実を前に改めて話すのもどうかと思いましてね……」

「ご安心を！　何もかも解ってやすんで……。実は、今日、あっしがここに参りやしたのは、こちらさんがまだ知っていねえことがありやしてね……。それを恵心尼さまに話すべきかどうか、ここに来る道中あれこれと考えやしたが、昨夜、恵心尼さまが里実さんを引き取ることになった経緯《いきさつ》を東福寺の和尚から聞かされ、これはやはり、恵心尼さまも本当のことを知っておくべきじゃねえかと……」

「と申しますと？」

「実は、里実さんの素性のことで……」

えっと、恵心尼の顔に緊張が走った。

「里実の母、里江さんが亡くなる前に、父親《てておや》は生麦村の白金屋の旦那さまと言ったことまでは判っているのですが、では、詳しいことまで判ったということなのですか？」

「ああ、やっぱし、それ以上のことは判っていなかったんでやすね？　へっ、実は、その白金屋の旦那というのが、立場茶屋おりきの先代女将の息子國哉さんで……」

達吉は恵心尼と里実に、先代のおりきが白金屋から姑去りされたところから話して聞かせた。

　里実が神妙《しんみょう》な顔をして聞いている。

「という理由《わけ》で、妙国寺の住持から里実さんを立場茶屋おりきで使ってくれねえかと話があったとき、あっしも女将さんも驚いてしめえやしてね……。里実という娘の父親《てておや》が白金屋の旦那と聞き、すぐさま、手を廻して先代が白金屋を去った後に何があったのかを調べさせてもれェやした。それで、はっきりと、里実さんが先代の孫娘と判ったって次第《しでえ》で……」

　恵心尼は胸を押さえた。

「なんという縁なのでしょう……。これこそ、御仏の思し召し！　里実、お祖母《ばば》さまの作られた見世に戻れるのですよ。きっと、あの世で先代が導《みちび》いて下さったのでしょう。そうとしか思えませんわ。ああ、これでわたくしも今日まで里実を育ててきた甲斐《かい》がありました。これで安心して余生《よせい》を送ることが出来ます」

「恵心尼さま、あっしからも礼を言わせてもれェやす。恵心尼さまが手を差し伸べて下さらなかったら、現在《いま》の里実さんはありやせん。それこそ、ろくでもねえ者の手に渡っていたら、とっくの昔に女衒《ぜげん》に売られてただろうし、それより何より、もうこの世にゃいなかったかもしれねえ……。あっしは嬉《うれ》しくって堪りやせん！　生きている内に先代の孫娘に巡り逢えるとは、こんな果報《かほう》があるだろうか……」

達吉の目から涙が溢《あふ》れ、ぽとりと床を濡《ぬ》らす。

「やはり、これは御仏と先代の思し召しなのですよ。生まれたばかりの赤児《やや》を抱いて里江さんが風月庵の傍で倒れていたのも、目に見えぬ糸が里江さんをここへと誘《いざな》ったのだと思います……。わたくしね、生まれたての赤児《やや》を抱いた里江さんを見て思いましたの。ああ、御仏はわたくしにこの娘《こ》を育てろと言われているのだと……。それが、嘗《かつ》てわたくしが犯《おか》した過《あやま》ちを償《つぐな》うことになる……。そう言われているように思えてなりませんでした。わたくしね、嘗て、大変な過ちを犯してしまいましたの……」

「ああ、東福寺の和尚から聞いてやす……。けれども、あれは過ちじゃねえ！　あのときは、そうするよりしょうがなかったのでは……」

「いえ、やはり、わたくしの過ちなのですよ。もう少し考えれば、若君をお救いするにしても、また別の救い方があったのではと思います。それなのに、あのとき、わたくしは後先《あとさき》を考えずに、ただただ若君を連れて逃げることしか頭にありませんでしたの。愚《おろ》かなことを……。わたくしの愚かさが若君を死なせてしまうことになりました」

「恵心尼さま、もう、その話は……」

里実がそっと恵心尼を制す。

「そうでしたわね。悔《く》やんだところで、今となってはどうしようもありませんからね。御仏に仕えて久しく、慚愧の念からようやく放たれたかに思え、こうして時折、胸が揺さぶられます……。まだまだ修行《しゅぎょう》が足りませんね」

恵心尼が寂しそうな笑みを見せる。

「ところで、今宵はここにお泊まりになりますでしょう？」

「へっ、そうさせていただき、明朝、里実さんを連れて出立しようと思ってやす」

「そうですか。では、里実、今宵は大番頭さんに馳走《ちそう》をして差し上げなさい。こんな田舎で倹《つま》しい暮らしをしていますが、幸い、近所のお百姓さんが野菜や穀物《こくもつ》、ときには川魚なども運んで下さいますの。確か、今宵は到来物《とうらいもの》に鮎《あゆ》がありましたよね？」

「はい。では、仕度しますね！　庵にお客さまなんて初めてなので、なんだか気が引き締まるような思いです」

里実が厨《くりや》に立って行く。

「けど、明日、あっしが里実さんを連れてってしまうと、恵心尼さまはお一人になるが、どうしやすんで？　東福寺の和尚は鎌倉の尼寺……、なんてったっけ？」

「英勝寺ですか？」

「そう、その英勝寺に早めに恵心尼さまを迎えに来るように文を出すと言われてやしたが、迎えが来るまで一人っきりになっちまうんでやすぜ？」

達吉が気遣《きづか》わしそうにそう言うと、恵心尼はふっと頬を弛めた。

「案じることはありませんわ。多少目が遠くなり、脚が不自由といっても、自分の面倒くらい出来ますからね……。それに、毎日、朝と夕方、近くの女衆が顔を出してくれますの。わたくし一人で出来ないことは、その女《ひと》たちの手を借りますので大丈夫ですことよ」

恵心尼がそう言うと、米を研《と》いでいた里実が手を拭《ぬぐ》いながら寄って来る。

「恵心尼さま、わたしもそのことを案じていました。恵心尼さまは自分は一人でも大丈夫だから、門前町からお迎えが来たらついて行くようにとおっしゃいましたが、わたし、恵心尼さまを一人にするのが気懸《きが》かりで……。わたしが恵心尼さまを送り出し、その後、ここを出て行くのなら解るのですが、なんだか順序が逆のような気がして……」

「何を言っているのですか！　わたくしは里実がここに来るまで、ずっと一人だったのですよ。ですから、一人には慣《な》れていますので、わたくしのことは気にしないように……」

里実が唇を噛み締め、再び流しへと戻って行く。

「里実と暮らした十六年……。まるで夢のようなときでした。わたくしに与えられた最高の幸せ！　もう充分です。大番頭さん、里実のことを宜しく頼みます。大凡のことは教え込んできました。皆さまの足手纏《あしでまと》いになるようなことはないと思いますが、何かと力になってやって下さいませね」

恵心尼が達吉に目を据える。

「へっ、そりゃもう……。実はね、現在《いま》の女将さん、つまり二代目でやすが、里実さんを三代目女将にと思っていやしてね……。まっ、言ってみれば、現在《いま》の女将さんは先代から女将の座を預かったようなもの……。それで、ご自分は所帯を持たず、従って子もいねえわけなんだが、そろそろ三代目をと考えておられやしてね。そんなとき、先代の孫娘が現れた……。これはもう、三代目は里実さんと決まったようなもんで……。女将さんは里実さんを三代目おりきに仕立て上げることで、やっと、先代に恩が返《けえ》せるとお思いなんでやすよ。無論、あっしや他の店衆も里実さんを支え、一日も早く三代目女将になれるようにと協力を惜《お》しみやせん。まっ、大船に乗った気持でいて下せえ！」

達吉がポンと胸を叩く。

「まあ、里実が三代目女将に……。大丈夫かしら？」

「大丈夫《でえじようぶ》に決まってやすよ！　二代目だって最初《はじめ》はずぶの素人《しろうと》だ……。なんせ、お武家の出なんでやすからね。それが、運命の巡り合わせというか、ひょんな事から先代に出逢《であ》い、すっかり先代に気に入られて二代目を継いだんだが、現在《いま》じゃ押しも押されもしねえ当代一の女将となられたんだからよ！」

まあ……、と恵心尼が目を瞬く。

「二代目はお武家の出だったのですか……」

「へい、名前《なめえ》も立木雪乃《たちきゆきの》といいやしてね。それがどうでェ！　現在《いま》じゃ、おりきという名があの女《ひと》にぴったりだ。人の運命なんて、どこでどう変わるか判らねえ……。そう思うと、やっぱ、二代目は立場茶屋おりきの女将になる宿命《さだめ》にあったんだろうな」

達吉がしみじみとした口調《くちよう》で言うと、恵心尼も頷く。

「そうかもしれませんね。わたくしも御仏に仕える宿命《さだめ》にあったのだと思います。大番頭さん、腹を割って話して下さり有難《ありがと》うございます。これで、すっきりとした気持で里実を送り出せます」

恵心尼はそう言い、改まったように頭を下げた。

その夜の里実の手料理は、鮎の塩焼《しおやき》、南瓜《かぼちゃ》と茄子《なす》の煮物《にもの》、瓜《うり》の酢物《すのもの》、糅飯《かてめし》（米に雑穀《ざっこく》を混ぜて炊《た》いたもの）、大根《だいこん》と大根葉《だいこんば》の味噌汁《みそしる》で、糅飯は多少パサパサした感じがしたが、お菜《さい》の味は美味《うま》かった。

思うに、庵暮らしでは、最高の持て成しだったのであろう。

里実は打ち解《と》けると、さまざまなことを話してくれた。

里実は恵心尼からどこに出しても恥ずかしくないだけの躾をされ、読み書きは勿論《もちろん》のこと、写経《しゃきょう》や女大学《おんなだいがく》まで教え込まれたという。

「わたしね、山野草が大好きなのですよ……。季節ごとに移り変わる野の草花を見ていると、ときが経つのを忘れてしまいそう……」

里実はそう言い、目を輝かせた。

「品川宿に行くと、山野草が見られなくなるのかと思うと、少し残念な気がします」

里実はそう言うと、肩を竦《すく》めた。

「ああ、それなら心配《しんぺえ》するこたァねえ！　現在《いま》の女将さんも山野草の好きな女《ひと》でよ。

茶屋のほうには信楽《しがらき》の大壺《おおつぼ》があって、そこに四季折々の草花を活《い》け、また、旅籠では客室に茶花《ちゃばな》を飾っていらっしゃるが、それらは多摩《たま》の花売りが女将さんのためにわざわざ採《と》ってきてくれるのよ。俺ャ、花のことは解らねえが、茶花はいいぞォ！　楚々《そそ》とした中にも、凜《りん》とした佇《たたず》まいがあってよ……。こいつァ愉《たの》しみだ！　きっと、里実さんが山野草が好きだと言うと、女将さん、涙を流して悦ばれるだろうからよ！」

「わっ、そうなんだ！　わたしも早く女将さんに逢いたい……。ねっ、どんな女《ひと》なのですか？　綺麗《きれい》な女《ひと》？」

「ああ、とびきりの品者《しなもん》（美人）だ！　品《ひん》があって、楚々とした中にきらりと光るものがある……。男ばかりか女ごまでが、女将さんに出逢ったその瞬間、ぞっこんになっちまうからよ」

達吉が我がことのように、鼻柱《はなばしら》に帆《ほ》を引っかける。

「そんなに美しい方なのですか……。わたくしも是非お目にかかりたいと言いたいところですが、この老体では、もう品川宿まで行くことは叶《かな》いません。けれども、里実、二代目がそんなに美しく立派な方とあっては、三代目を継ぐのは気が退《ひ》けますね」

恵心尼がそう言うと、里実が心許《こころもと》なさそうに達吉を窺う。

「わたしに務まるかしら……」

「案じるこたァねえ。人ってもんはよ、その立場に置かれると、自《おの》ずと変わっていくもんでよ……。何よりも、他人《ひと》に見られているという意識が人を変えていく……。里実さんは大丈夫《でえじょうぶ》だ！　目や鼻、面差しがどこかしら先代を彷彿《ほうふつ》させるからよ。今に、目を瞠るほどの品者になるだろうて……」

達吉がそう言うと、里実は含羞《はにか》んだような笑みを浮かべた。

そして翌日、いよいよ恵心尼との別れの秋《とき》がやってきた。

里実が旅立つことを聞きつけた近所のかみさん連中が見送りに駆けつけ、中には採り立ての南瓜や西瓜《すいか》を持って行けと言う者がいて、達吉が困じ果てた顔をしている。

「気持は嬉しいんだが、南瓜も西瓜も重いからよ……。長旅じゃ、こんな爺《じい》さまにゃ無理ってもんでよ。けど、気持は有難く貰っとくからよ。皆、有難うな！」

「じゃ、お待ちよ。今、西瓜を切ってやるから、食っていきな！」

女ごはそう言うと、厨に駆け込み、西瓜を切って持って来た。

こうなると、何がなんでも食べないわけにはいかない。

達吉は苦笑《にがわら》いすると、立ったまま西瓜にかぶりついた。

「里実ちゃん、達者《たつしゃ》でな！　なんだか名残《なごり》惜しいよ。もう二度と逢えないかと思うとさ……」

「何言ってんだよ！　里実ちゃんに逢いたければ、おまえさんが品川宿門前町まで行けばいいんだからさ」

「てんごうを！　そんなことが出来るわけがないだろ？　立場茶屋おりきの旅籠は、数ある品川宿の旅籠の中でも、最高級の料理宿っていうんだもの、あたしらみたいな下々《しもじも》が泊まれる宿ではないんだよ！」

「えっ、そうなのかえ？」

「そうさ。里実ちゃんはさ、先々、その高級料理旅籠の女将になるっていうんだから、大したもんだ……」

「へえェ、あたしゃ、ただ奉公に上がるだけかと思っていたが、そうなのかえ……。じゃ、これからは、あたしたちとは口も利いてもらえなくなるってことか……」

女ごたちが口々にそんなことを話していると、里実が慌てて割って入る。

「そんなことはありませんよ！　わたしはどこに行っても現在《いま》のままです。立場茶屋おりきには旅籠だけでなく茶屋もあると聞きましたので、気軽にお越し下さいね。わたしの名前を出してもらえば、顔を出すことが出来るかと思いますので……。あっ、勝手にそんなことを言ったけど、駄目ですか？」

里実が達吉に目をやる。

「駄目なもんか！　里実さんは旅籠で働くことになるが、知り合いが訪ねて来たら、いつだって逢える……。気を兼ねるこたァねえからよ」

　達吉に言われ、里実はほっと安堵の色を見せた。

「大番頭さんがああ言って下さっています。おばさんたち、いつでも訪ねて来て下さいね。これまでお世話になりました……。皆さんのことは決して忘れません。けれども、一つ気懸かりなのは恵心尼さまのことです。鎌倉からお迎えが来るまで恵心尼さまが一人になりますので、何かと気にかけていただけないでしょうか？」

　里実が女ごたちを見廻《みまわ》し、頭を下げる。

「ああ、委せときな！　あたしたちが交替で食事の世話をするから、里実ちゃんは気にしなくていいよ」

「そうだよ。恵心尼さまにはこれまでさんざっぱら世話になってきたんだ。こんなことでもないと、恩が返せないからさ！」

「有難うございます。それを聞いて安心しました」

　里実はそう言うと、恵心尼の傍に寄って行った。

「長い間お世話になりました。恵心尼さま、わたしは恵心尼さまのことを母と思って参りました。本来ならば、このままお傍にいて、恵心尼さまの手脚となって恩返しをしなければならないというのに……。わたし、恵心尼さまのことを思うと、離れるのが辛くて堪りません。どうしても、英勝寺にわたしがお供することは叶わないことなのでしょうか……」

里実に縋《すが》るような目で見られ、恵心尼はきっと顎《あご》を上げた。

「何度言えば解るのですか！　里実を英勝寺に連れて行くことは出来ません。尼寺というものは、俗世の荒波を潜った者が悟《さと》りを開きに行くところ……。おまえさまは俗世を知らないではありませんか！　分々《ぶんぶん》に風は吹くもの……。里実の生きる場所は、品川宿門前町です。いいですか？　これは御仏と里実のお祖母《ばば》さまが導かれたことなのですよ。わたくしのことは案じることはありません。この歳になっても、まだお迎えが来ないということは、わたくしにはまだやらなければならないことが残っているということ……。今後、わたくしは鎌倉にてやるべきことを全《まっと》うしようと思っています。里実、礼を言いますぞ！　里実と暮らせた十六年、わたくしがどれだけの幸せを貰えたことか……。里実がいなければ味わえなかったことを味わうことが出来、これは御仏がわたくしに下された賜物《たまもの》と思っています」

「恵心尼さま……」

里実の頰をはらはらと涙が伝う。

涙を拭いなさい。旅立ちに涙は禁物です。さあ、お行きなさい。大番頭さん、里実のことを頼みましたぞ！」

　恵心尼が里実の背をポンと叩く。

「じゃ、行こうか……」

　達吉が促し、里実は改まったように腰を折った。

「行って来ます。皆さまもどうぞお達者で……」

「気をつけてな！」

「旅籠の連中に可愛がられるんだよ！」

　女ごたちが一斉《いっせい》に手を振る。

　達吉と里実は振り返り振り返りしながらも、脚を前へと進めていった。

　そうして、見送りの連中の姿が目に捉《とら》えられなくなった頃、達吉がぽつりと呟いた。

「やれ、まるで嫁入りをするかのようだったじゃねえか……。けど、考えてみれば、恵心尼さまにとっては娘を嫁に出すようなもんだし、里実さん、いや、これからは里実と呼ばせてもらうが、里実は嫁入りするのも同じ……。俺ャ、おめえと恵心尼さまの会話を聞いていて、そう思ったぜ……。だがよ、これからは、立場茶屋おりきの女将さんがおめえのおっかさん役を務めてくれる……。女将さんは大束《おおたば》で、如来《にょらい》さまのような女《ひと》だから安心してな。しかも、これが、芯《しん》が一本ピンと通っていて、ここぞというときには競肌《きおいはだ》になり、大の男がたじたじするってもんでよ！　まっ、千万遍《せんまんべん》の言葉より、実際に逢ってみるこった……。一遍《いっぺん》で、女将さんの虜《とりこ》になること間違《まちげ》ェねえからよ！」

達吉はそう言い、鼻をひくひくさせた。

身体の中に、樹木の匂《にお》いが染《し》み込んでいくようである。

小川のせせらぎに、山鳩《やまばと》の鳴き声……。

川面《かわも》できらきらと光が躍《おど》っている。

「なんて良い場所なんだ……。里実はここで育ったんだよな。それを思うと、品川宿は土埃《つちぼこり》に人溜《ひとだまり》、酒の臭《にお》い……。天と地ほどの違《ちげ》ェようだ」

達吉がそう言うと、計ったかのように河鹿の声が……。

ヒョロヒョロ、ヒュルル。ヒヒヒ……。

胸を揺さぶるような澄《す》んだ声音に、達吉はこれが河鹿笛《かじかぶえ》か……、だとすれば、さしずめ、風月庵は河鹿宿《かじかやど》……、と思った。

河鹿宿……。

なんて良い響《ひび》きなのだろう。

達吉はどこかしら心が躍るようで、一刻も早く、おりきにその感動を伝えたく心が逸《はや》った。

本書は、時代小説文庫（ハルキ文庫）の書き下ろし作品です。